AF219345

Sabine Kranich

Dunkle Schatten im Land
der Mandelblüte

Über die Autorin

Sabine Kranich ist Psychologin und lebt seit über 25 Jahren mit Mann, Tieren und Pflanzen im ländlichen Algarve in Portugal.

Bisher sind u.a. von ihr erschienen:

Susans Träume, ISBN 9781537385334
Marie und Elias - eine phantastische Liebesge-schichte - ISBN 9783748151258
Anne und die schwarzen Katzen,
ISBN 9783750423190
Das Quinta-da-Fortuna-Buch,
ISBN 9783735724441
Zusammen mit Dietfrid Kranich:
Die Welt in unserem Garten
Gärtnerische und kulinarische Erfahrungen in Portugal
ISBN 9783743143326

Sabine Kranich

Dunkle Schatten im Land der Mandelblüte

Bibliografische Information der Deutschen Nationalbibliothek:
Die Deutsche Nationalbibliothek verzeichnet diese Publikation in der Deutschen Nationalbibliografie; detaillierte bibliografische Daten sind im Internet über http://dnb.dnb.de abrufbar.

Herstellung und Verlag: BoD –
Books on Demand, Norderstedt

ISBN: 9783752610826

Das Wetter war für Dezember traumhaft, bereits am Morgen schien die Sonne sanft vom Himmel, untermalt vom fröhlichen Gezwitscher einiger Vögel, die sich in den hohen Bäumen des Grundstücks vergnügten.

Schon jetzt fand Peter seine Geburtstagsfeier schön. Auf dem Papier wurde er heute 63 Jahre, aber tatsächlich fühlte er sich eher zeitlos. Peter fühlte sich wie Peter. Daran konnten auch die mittlerweile grauen Haare auf seinem Kopf und in seinem Bart nichts ändern. Obwohl er in den Augen vieler Menschen sicherlich bescheiden lebte, war er oft rundherum zufrieden, und heute besonders. Er mochte sein kleines Bauernhaus, das im landestypischen Stil ebenerdig gebaut und weiß gekalkt war. Fenster- und Türrahmen waren blau umrandet, im Volksglauben sollte die blaue Farbe gegen den Besuch böser Geister schützen. Abgesehen davon fand Peter Blau auf Weiß dekorativ, und wenn es auch noch Schutz bot, warum nicht?

Heute hatte er zu sich nach Hause zum Brunch eingeladen, und später würde er den Grill anschmeißen. Da er schon vor über 20 Jahren in dieses Land ausgewandert war, kannte er natürlich viele Leute, die meisten waren Ausländer wie er selbst.

Tatsächlich waren viele seiner Bekannten und Freunde gekommen, um mit ihm seinen Geburtstag zu feiern, und die meisten seiner Gäste waren in seiner Altersgruppe oder älter. Fast alle hatten seine Bitte erfüllt, etwas zum Essensbüffet beizusteuern. Viele verschiedene Salate in unterschiedlichen Schüsseln bildeten eine bunte Reihe auf dem langen Holztisch, den er im Wohnzimmer gleich hinter den geöffneten Terrassentüren aufgestellt hatte. Dazu gab es eine Käse- und eine Wurstplatte und kleine Körbe bestückt mit Brot und Brötchen, Kuchen dazu Thermoskannen gefüllt mit Kaffee und außerdem verschiedene Kaltgetränke. Verhungern musste bei diesem Angebot sicherlich niemand.

Und genau das hatte Angie angelockt, auch wenn sie mit ihren 39 Jahren aus dem Rahmen fiel. Sie war über drei Ecken hier gelandet, denn sie kannte jemanden, der jemanden kannte, der wiederum das Geburtstagskind kannte. Wenn es irgendwo etwas umsonst gab, war Angie in der Regel nicht weit, denn leider war sie so gut wie immer pleite und nahm deshalb jede gebotene Gelegenheit wahr, um sich kostenfrei zu versorgen. Dafür hatte sie ihre besten Kleidungsstücke hervorgekramt. So fiel sie einerseits nicht unangenehm wegen abgenutzter Alltagskleidung auf und andererseits fand sie diese Klamotten, eine enganliegende, knackige Jeans und ein Hemd aus Leder, das am Rücken mit Bändchen zusammengehalten wurde und dadurch einige nackte Haut sehen ließ, sexy. Ihre dünne Figur wurde dadurch noch betont.

Interessanterweise fanden viele Männer das attraktiv, während manche Frauen, die sie kannten, Angie als „magere Zicke" bezeichneten. Aber Angie wusste genau, die waren nur neidisch. Ihre halblangen mittelbraunen Haare trug sie heute mit Lederbändern hochgebunden und fand sich selbst bestens ausgestattet für den einen oder anderen hoffentlich lohnenswerten Flirt.

Aber leider fühlte sie sich auf Peters Geburtstagsfeier schon nach kurzer Zeit gelangweilt und, schlimmer noch, viele der anderen Gäste kannte sie nicht und wollte sie auch gar nicht kennenlernen. Einige der anwesenden über 60-jährigen Männer witterten offensichtlich die Gelegenheit, endlich einmal eine jüngere Frau ins Bett zu bekommen, und bemühten sich, Angie möglichst originell anzumachen oder was sie eben darunter verstanden, wenn sie ihr breit grinsend schlüpfrige Witze auftischten. Komischerweise gab es davon so einige, nicht nur blöde Witze, sondern auch ältere Männer, die diese gerne erzählten.

Angie selbst stufte diese Annäherungsversuche auf ihrer eigenen Flirtskala in die Kategorien „bemitleidenswert" bis „abstoßend" ein. Einen dermaßen plumpen Flirtversuch zu erwidern käme für sie nur in Betracht, wenn genug dabei herausspringen würde. In der Altersstufe dieser Männer müsste eine solch private Vereinbarung allerdings sehr gute Konditionen haben. Dafür käme nur ein vermögender und spendabler Verehrer in Frage, der außerdem gewillt war, für längere Zeit spendabel zu bleiben. Wenn sie sich auf Peters Geburtstagsfete so umsah, konnte sie allerdings niemand Passenden ausmachen. Sie suchte etwas Längerfristiges, denn Angie gewöhnte sich nicht gern um, schließlich war sie nicht „käuflich", sondern versuchte nur, durchs Leben zu kommen.

Wenigstens konnte sie ohne Bezahlung so viel essen und trinken, wie sie wollte. Unfreundliche Menschen, die sie kannten, behaupteten manchmal, sie würde sich auf Kosten ihrer Mitmenschen durchs Leben schnorren. Sie selbst sah das allerdings ganz anders, denn wozu die Zeit mit bezahlter Arbeit vertun? Es gab genug Dumme, die das taten, und die durften ihr gern etwas abgeben vom Einkommen. Fairerweise muss man erwähnen, dass sie nicht im Sinne von regelmäßiger und bezahlter Arbeit erzogen worden war. Doch dazu später.

Heute hatte sie als Gastgeschenk eine alte Holzfigur aus dem Müll mitgebracht und so getan, als hätte sie nicht gewusst, dass erwartet wurde, etwas zum Büffet beizusteuern. Angie holte sich eine weitere Flasche Bier. Alkohol half ihr gewöhnlich, sich zu entspannen.

Sie hielt sich an der Bierflasche fest und schlenderte damit auf der naturbelassenen Terrasse vor dem Partyraum zwischen den gedeckten Tischen herum. Sie wollte sich ungern setzen, weil sie bemüht war, langweilige Unterhaltungen zu vermeiden. Dabei beobachtete sie verstohlen die anderen Gäste. Ein Pärchen fiel ihr vor allem auf. Die Frau war ungefähr in ihrem Alter und der Mann deutlich älter, beide bunt und alternativ angezogen. Sie traten als zusammengehörig auf, und doch bemerkte Angie eine deutliche, unterschwellige Disharmonie zwischen ihnen. Ein anderer Gast hatte sich zu ihnen gesellt, und im Vorübergehen schnappte Angie einige Wortfetzen auf. Die jüngere Frau interessierte sich offensichtlich hauptsächlich für Tiere. Ihr Partner stand daneben und tat so, als fände er die Ausführungen seiner Frau zum Thema „Tierschutz im Süden" sehr wichtig, dabei lächelte er jedoch selbstbewusst jeden an, der in seine Nähe kam.

Er will eine große Bedeutung haben, dieser Gedanke kam Angie spontan, und nun ja, natürlich kannte sie dieses Gefühl. Ihr selbst ging es im Grunde genommen nicht anders, aber ihre Strategien waren verborgener, weiblich eben, und sie betrafen immer ihren jeweiligen

Lebensgefährten und noch ein paar andere Mitmenschen, die ihr gerade nützlich erschienen. Doch dieser Geburtstagsgast war anders. Er wollte Bedeutung bekommen von allem und jedem. Dazu hatte er sich eine therapeutische Rolle gewählt. Scheinbar kompetent und väterlich versuchte er, den anderen ihre Probleme und Geheimnisse aus der Nase zu ziehen. Unglaublicherweise zog diese Masche bei einigen der anwesenden Frauen sogar. Sie waren so glücklich über männliche Aufmerksamkeit, dass sie ihm ohne weiteres ihre Probleme im Flüsterton erzählten. Angie war baff. So eine perfide Methode war sogar für sie zu viel.

Mann müsste man sein, dachte sie neidisch und war auf der Hut. *So ein Typ fehlt mir gerade noch!*

Die Frauen auf der Feier, die ihm gerne alles Mögliche erzählten, schienen ihm offensichtlich bald langweilig zu werden, und außerdem spürte er, dass Angie ihn beobachtete.

Sie wäre eine Herausforderung, dachte er bei sich.

Und sie dagegen: *Na warte, komm nur her.*

Tatsächlich kam er zu ihr rüber und versuchte sie mit einem uralten Psychotrick reinzulegen. Er tat so, als würde er sie sowieso durchschauen, obwohl sie sich vorher noch nie begegnet waren. Bei manch anderem hätte das sehr gut funktioniert, viele Menschen finden es schmeichelhaft und faszinierend, „durchschaut" zu werden. Sie verwechseln einen Plan mit echtem Interesse und erzählen bereitwillig alles, was der angebliche Gedankenleser wissen will. Angie aber war schon so lange sie überhaupt denken konnte auf der Hut und fiel auf diese Masche sicher nicht herein. Sie war eine Meisterin in Wachsamkeit und erkannte instinktiv verlogene Menschen und Worte. Selten lag sie dabei falsch. Eigentlich liefen bei ihr unbewusst immer Überprüfungsprogramme ab, mit denen sie ihre Umwelt einschätzte.

All das hatte vor vielen Jahren begonnen, damals, als sie vor ihrer Familie flüchten musste, um ihr Leben zu schützen.

Bei diesem Gedanken brach die Erinnerung plötzlich über sie herein, und sie fühlte sich nicht mehr stark genug, diesem Mann gegenüberzutreten, ohne etwas zu verraten. Deshalb trat sie die Flucht in den Garten an und suchte sich ein sonniges Plätzchen, wo sie allein und ungestört ihren Gedanken freien Lauf lassen konnte. Sie fand es bei einer alten Metallbank, die von üppig wachsenden grünen Pflanzen in Peters wildem Garten eingerahmt wurde.

Welche Rolle dieser Gast noch in ihrem Leben spielen würde, ahnte sie zu diesem Zeitpunkt nicht. Jetzt überließ sie sich ihren Erinnerungen.

*

Angie konnte sich noch gut an diese Nacht erinnern. Sie würde sie nie vergessen können, so sehr sie sich auch bemühte. Sie kannte alle Details, so als wäre es erst gestern gewesen und nicht die Nacht des 10. Oktobers vor 21 Jahren. Sobald sie nur daran dachte, war sie wieder mitten im Geschehen: Es war eine regnerische und stürmische Nacht auf dem Gutshof ihrer Familie. Die Pferde im gräflichen Stall waren unruhig wegen des starken Windes, der um die Ecken des Gebäudes heulte. Im Saal des Haupthauses war der große Kamin angeschürt. Angie hatte sich nach dem gemeinsamen Abendessen in ihr Zimmer im zweiten Stock zurückgezogen und die Zentralheizung angestellt. Normalerweise liebte sie die Aussicht aus ihren beiden Fenstern. Tagsüber konnte sie von hier oben weit über das Land sehen und in klaren Nächten die Sterne bewundern. Als Teenager hatte Angie noch romantische Phantasien und malte sich gern ihr weiteres Leben in schillernden Farben aus, hier oben in ihrem Vogelnest, wie sie ihr Zimmer liebevoll nannte. Doch heute Nacht war es so windig, dass der Wind sogar durch die Ritzen ihrer Fenster drang und die zugezogenen dunkelroten Samtvorhänge bewegte. Obwohl die Heizkörper auf volle Leistung gestellt waren, fröstelte Angie und überlegte sich, ob es nicht besser wäre, sich unten vor den Kamin zu setzen. Andererseits war dort sicherlich ein großer Teil ihrer Familie versammelt, die sich mit ihr unterhalten wollten. Auf eine Unterhaltung mit Erwachsenen hatte Angie so gar keine Lust, selbst wenn ihr Onkel Herbert ganz amüsant war.

Herbert war das schwarze Schaf der Familie, er war eigentlich der einzige Erwachsene in ihrer Familie, der nicht nur ans Geldverdienen dachte. Onkel Herbert war das, was man als „Luftikus" bezeichnete, und sollte Angie auf keinen Fall als Vorbild dienen. Er schien sich keine Sorgen über seine Zukunft zu machen und lebte anscheinend von einem Tag auf den anderen, reiste gern und trank gern einen über den Durst. Wie er sich seinen Lebensstil finanzierte, war Angie schleierhaft, denn sie hatte ihn noch nie arbeiten sehen. Darauf angesprochen, hatte ihr Onkel erklärt, dass er einen Import- und Exporthandel betrieb, der praktisch von alleine lief. Selbst wenn Angie diese Erklärung komisch vorkam, ging sie nicht weiter darauf ein, denn sie hatte überhaupt keine Lust, eine Wirtschaftsvorlesung gehalten zu bekommen. Ihr Vater textete sie oft genug mit wirtschaftlichen Fakten über ihr Leben und das Leben im Allgemeinen zu. Als ob sie das interessieren würde! Schließlich konnte sie doch nichts dafür, dass sie ein Einzelkind war und keinen Bruder hatte, der als Stammhalter herhalten konnte. Hätten sich ihre Eltern halt mehr anstrengen müssen. Obwohl, Angie konnte sich beim besten Willen nicht vorstellen, wie sie selbst entstanden war. Ihre Mutter wirkte oft kühl und abweisend. Wahrscheinlich dachte sie, eine Gräfin hätte sich standesgemäß so zu verhalten, zumal sie ja nur durch die Heirat mit Angies Vater Gräfin wurde. Ihr Vater, der Graf von Geburt an war, schien nichts anderes als Geldvermehren im Kopf zu haben, und das, obwohl es der Familie gut ging und sich alle auch etwas Spaß hätten leisten könnten.

Theoretisch, seufzte Angie.

Eine romantische Liebesnacht zwischen den beiden sprengte das Vorstellungsvermögen ihrer Tochter, nicht dass sie überhaupt über die Ehe ihrer Eltern lange nachdenken wollte. Die beiden waren seit langer Zeit nur zwei Menschen, mit denen sie zufälligerweise zusammenlebte. Hätte sie jemand gefragt, ob sie ihre Mutter oder ihren Vater lieber mochte, hätte Angie keine Antwort gewusst. Sie war sich nicht einmal sicher, ob sie die beiden überhaupt gern mochte. Sehr gern auf keinen

Fall. Nicht so wie ihren Windhund und ihr Reitpferd, die sie heiß und innig liebte und die ihr – im Gegensatz zu ihren Eltern – das Gefühl gaben, ihre Liebe zu erwidern. Ihr Pferd Merlin und ihr Hund Bonny waren ihre einzig wahren Freunde auf dem Gut der Familie, das auch ihr Zuhause war, und legten den Grundstein zu einer lebenslangen Tierliebe. Pferde und Hunde würden Angie auch später begleiten, wann immer es möglich war.

Doch zurück zu jener stürmischen Nacht.

Um den Erwachsenen in der Halle nicht zu begegnen und um das gruselige Gefühl dieser Nacht zu bekämpfen, beschloss Angie, sich mit einem Lieblingsbuch in ihrem Bett zu verstecken. Eingehüllt in eine dicke Daunendecke und im kleinen Licht ihrer Leselampe wurde sie bald schläfrig, das Buch glitt ihr aus den Händen und sie schlummerte ein. Angie wusste nicht, wie lange sie bereits geschlafen hatte, als ein lauter Knall sie hochschrecken ließ. Sie richtete sich abrupt im Bett auf. Völlige Dunkelheit umgab sie, die Nachttischlampe brannte nicht mehr und die zugezogenen dicken Samtvorhänge ließen kein Licht von draußen herein. Aus dem Treppenhaus konnte Angie laute Stimmen hören. Sie stand auf, tastete sich zur Zimmertür und musste feststellen, dass anscheinend im ganzen Haus der Strom ausgefallen war, denn auch das Treppenhaus hüllte sich in Dunkelheit. Lediglich durch das Glasfenster oben auf dem Dach schien etwas Mondlicht herein und ließ Konturen im Inneren des Hauses erahnen. Die Stimmen waren verstummt und es herrschte beinahe völlige Stille. Nur das Rütteln des immer noch tobenden Nachtsturms an den Fenstern war zu hören.

Komisch, Angie stutzte, unten in der Eingangshalle hörte sie ein schwaches Schleifgeräusch. Dann war es schon wieder vorbei. Wahrscheinlich hatte sie sich das nur eingebildet. Angie ging in ihr Zimmer zurück, schloss die Tür und tastete sich zu ihrem Bett. Kaum hatte sie sich wieder hingelegt, da war ihr, als würde die schwere eichene Haustür unten ins Schloss fallen.

Das war kaum möglich, denn wieso sollte jemand in einer solchen Nacht hinausgehen? Aber vielleicht war eines der Pferde krank? Angie wurde ganz übel bei dem Gedanken, dass möglicherweise ihr Merlin eine Kolik haben könnte. Wenn es ihr gelänge herauszufinden, wer gerade das Haus verlassen hatte, könnte sie ein krankes Pferd ausschließen.

Gedacht, getan. Schon stand das Mädchen am Fenster und zog die Vorhänge einen Spalt weit auf. Sie staunte nicht schlecht. Unten vor dem Haus stand ein unbeleuchtetes Auto mit offenem Kofferraum. Eine dunkle Gestalt war gerade dabei, etwas in den Kofferraum zu stopfen. Hätte sie es nicht besser gewusst, würde sie sagen, das war der Volvo ihres Vaters. Doch das schien ihr unmöglich. Der Mensch dort draußen war inzwischen mit seiner Beschäftigung fertig, schloss den Kofferraum, stieg in das Auto ein und fuhr, immer noch, ohne das Licht einzuschalten, davon.

Angie hatte nicht erkennen können, wer es war, denn er trug ein dunkles Kapuzenshirt mit hochgezogener Kapuze. Das Mädchen am Fenster wusste nicht, was sie davon halten sollte, sie war müde, ihr war kalt und deshalb ging sie zurück in ihr Bett.

Als sie am nächsten Morgen erwachte, war ihre Leselampe eingeschaltet. Der Stromausfall im Haus war also behoben worden. Angie stand auf, öffnete die Vorhänge und die Fenster und ließ die frische Luft eines strahlend schönen Herbstmorgens herein. Komisch, irgendwie war ihr, als hätte sie in dieser Nacht einen sehr lebendigen Traum gehabt. Doch nun war keine Zeit mehr für Träume, das Frühstück wartete und sicherlich auch schon ihr Pferd und ihr Hund.

So begann ein Tag wie viele andere davor. Merkwürdig war nur, dass Onkel Herbert nicht zum Frühstück erschien. Onkel Herbert schnorrte sich bei seinen

Verwandten gern durchs Leben und möglichst, ohne etwas dafür zu tun. Deshalb ließ er normalerweise keine Gratismahlzeit ausfallen. Es sei denn, er wäre sehr krank, und das war nur der Fall, wenn er am Abend zuvor zu viel Whisky getrunken hatte, was aber gestern nicht so war, denn das Mädchen wusste, dass alle früh in ihre Zimmer gegangen waren. Als Onkel Herbert auch nicht zum Beginn des Mittagessens erschien, fragte Angie das Hausmädchen nach ihm. Greta allerdings wusste von nichts und verwies sie an ihre Eltern.

Als alle zu der gemeinsamen Mahlzeit versammelt waren, tat Angie genau das. Sie fragte ihre Mutter nach Onkel Herbert und bekam mit, dass ihre Mutter einen nervösen Blick mit ihrem Vater austauschte, der ihr gegenübersaß. Es war auch ihr Vater, der ihre Frage beantwortete: „Herbert musste schon sehr früh heute Morgen abreisen. Irgendetwas Geschäftliches...", brummelte ihr Vater vor sich hin.

Das war in der Tat noch merkwürdiger, denn seit wann unternahm Onkel Herbert „etwas Geschäftliches"? Doch Angie konnte sehen, dass ihre Eltern keine große Lust hatten, über Onkel Herbert zu reden, und deshalb beließ sie es dabei. Er würde schon wieder auftauchen, das tat er schließlich immer, spätestens wenn er kein Geld mehr hatte und nicht mehr wusste, wohin er sonst gehen konnte.

Damit vergingen die Tage und Wochen. Angie war fest in ihrem Alltag eingebunden, besuchte vormittags die Schule und verbrachte nachmittags so viel Zeit wie möglich mit ihrem Pferd und ihrem Hund. Aus dem Herbst wurde Winter, und dann stand Weihnachten vor der Tür. Leider nur Weihnachten. Onkel Herbert war immer noch nicht aufgetaucht. Ein Weihnachten ohne ihn mochte sich Angie gar nicht vorstellen, ohne ihn würde die Familienfeier sicherlich schrecklich öde und langweilig werden. Deswegen war es an der Zeit, dass Onkel Herbert zurückkam. Angie wollte ihn auf alle Fälle bitten, sie Weihnachten nicht alleinzulassen mit ihren grässlichen Eltern und in diesem alten Kasten von Haus, das zugig, im Winter oft kalt und schlecht beheizbar war. Doch dazu brauchte sie eine Kontaktmöglichkeit. Seine alte Handynummer funktionierte schon lange nicht mehr, aber dass er sein Telefon ausgeschaltet hatte, sah ihm ähnlich. Wenn Onkel Herbert irgendwo eine schöne Zeit hatte, wollte er sicherlich nicht gestört werden. Vielleicht hatte er sein Handy auch verschlampt und benutzte nun ein neues mit einer neuen Nummer, die sie nicht kannte? Sie könnte ihm allerdings auch schreiben, wenn sie nur wüsste, an welche

Adresse. Ihre Eltern erwiesen sich in dieser Angelegenheit leider nicht sehr auskunftsfreudig und blockten alle Fragen nach Onkel Herberts derzeitigem Aufenthaltsort ab.

Deshalb begann Angie bei den Hausangestellten herumzufragen. Doch keiner wusste etwas. Nur Greta, das Hausmädchen, konnte dazu etwas sagen. Onkel Herbert war anscheinend überstürzt aufgebrochen in der Nacht mit dem Stromausfall, denn alle seine Sachen waren noch da. Er hatte nur einen wertvollen Teppich aus seinem Zimmer mitgenommen. Und das schien ihre Eltern so verärgert zu haben, dass sie noch am selben Tag Anweisung gegeben hatten, alle seine Habseligkeiten zusammen zu räumen und im Keller zu lagern.

Angie forschte weiter nach, kam aber zu keinem befriedigenden Ergebnis. Onkel Herbert schien wie vom Erdboden verschluckt zu sein. Niemand konnte ihr sagen, wo er war oder wann er wiederkommen würde.

*

Eines Tages, es war schon wieder Frühsommer, kam eine Postkarte aus Bali von Onkel Herbert, adressiert an Angie. „Liebe Angie, ich möchte Dir nur mitteilen, dass es mir gut geht. Ich habe mein Glück unter der Sonne gefunden. Mach´s gut, Dein Onkel Herbert".

Zuerst freute sich Angie darüber, endlich eine Nachricht von ihrem Onkel zu erhalten, aber umso länger sie darüber nachdachte, umso komischer kam ihr das vor. Ihr Onkel hatte heißes Wetter immer gehasst und hatte sich, wenn überhaupt, nur für kurze Zeit im Ausland aufgehalten, am schönsten fand er es in seiner Heimat. Warum sollte er sein bequemes Leben zu Hause einfach so von einem Tag auf den anderen aufgeben? Und überhaupt, wie konnte er sich ein neues Leben in Bali leisten? Diese Fragen ließen Angie keine Ruhe, und langsam begann sie daran zu zweifeln, dass die Postkarte wirklich von Onkel Herbert war. Sie war in Druckbuchstaben geschrieben, deshalb war es nicht eindeutig, ob das wirklich die Handschrift ihres Onkels war.

Angie überlegte weiter: *Was, wenn die Karte nicht von meinem Onkel war und jemand anderer sie geschickt hatte? Was für einen Sinn sollte das haben? Das konnte nur bedeuten, jemand möchte mich glauben machen, Onkel Herbert sei für immer nach Bali ausgewandert. Und ich soll glauben, er käme nie wieder zurück.*

Wenn jemand ein so großes Geheimnis um seinen Aufenthaltsort machte, konnte das nur bedeuten, er war in Schwierigkeiten. Und wenn jemand behauptete, er würde niemals wiederkommen, konnte auch das nur eines bedeuten: Onkel Herbert hatte vielleicht gar nicht die Möglichkeit zurückzukehren. Damit wiederum war es naheliegend, dass ihm möglicherweise etwas zugestoßen war, und wenn jemand anderer davon wusste, es aber nicht sagte, wurde hier vielleicht ein Verbrechen vertuscht. Bei diesem Gedanken wurde Angie übel. Das konnte doch einfach nicht sein. Zugegeben, ihre gräfliche Familie war nicht „ohne", aber ein Verbrechen zu vertuschen, traute sie ihnen eigentlich nicht zu.

Einmal ins Grübeln gekommen, kamen ihr noch mehr Gedanken: *Was, wenn alles so ist, wie ich befürchte? Wann habe ich Onkel Herbert zuletzt gesehen?*

Während sie darüber nachdachte und auch ihr Tagebuch zurate zog, fiel ihr wieder ein, dass sie ihren Onkel zum letzten Mal an dem Abend des Stromausfalls letzten Herbst vor jener stürmischen Nacht gesehen hatte. Plötzlich fiel ihr der sehr lebendige Traum dieser Nacht wieder ein, als sie träumte, jemand lud etwas im Dunklen in den Kofferraum eines unbeleuchteten Autos und fuhr anschließend damit davon. Sie war sich sicher, in ihrem Traum war das Auto ein Volvo, genau wie das Auto ihres Vaters. Angie musste lachen. Das war wirklich eine gelungene Vorstellung, ihr langweiliger Vater vertuschte ein Verbrechen, lud Onkel Herbert in den Kofferraum und fuhr mit ihm davon, um seine Leiche für immer verschwinden zu lassen. Nein, wirklich, so eine komische Idee. Ihrem Vater würde sie eine derartige Tat niemals zutrauen, er war dazu viel zu konservativ und gesetzestreu.

Aber dennoch, ein nagender Zweifel blieb, und während der nächsten Wochen dachte sie immer wieder daran. Eigentlich passte alles, der wertvolle Teppich, den ihr Onkel bei seiner überstürzten Abreise angeblich gestohlen hatte, und ihr Traum in dieser Nacht. Was, wenn seine Leiche in diesem Teppich eingewickelt war, und jemand hätte sie vor ihren Augen entsorgt?

*

Angie wartete eine günstige Gelegenheit ab und begann, ihren Eltern Fragen zu stellen. Ein ausnahmsweise konfliktfreies Familienfrühstück an einem sonnigen Morgen in einer für ihre Familie entspannten Atmosphäre war so eine Gelegenheit.

„Ach übrigens, was ich immer schon einmal fragen wollte, ab wann dürfen die Pferde denn wieder auf die Weide, und warum hat Onkel Herbert diesen teuren

Teppich mitgenommen, wenn er doch nach Bali auswandern wollte?"

Sie hatte diesen Kommunikationstrick in einem psychologischen Ratgeber gelesen, mit dem harmlosen Anfang einer Frage soll der andere abgelenkt werden, um dann die eigentlich wichtige Frage, die daran gehängt wird, gleich mit zu beantworten.

Fast hätte es tatsächlich geklappt. Ihr Vater war sehr erfreut, dass sich seine Tochter für die Belange des Hofes interessierte: „Das hast du richtig beobachtet, Angie, wenn das Wetter so bleibt, können wir die Pferde bald wieder raus lassen. Aber wie kommst du denn jetzt ausgerechnet auf meinen Bruder? Du weißt doch genau, dass er es sich jetzt auf Bali gut gehen lässt und anderen Leuten auf die Nerven fällt."

Enttäuscht erwiderte seine Tochter: „Und wieso hat er dann seine anderen Sachen alle dagelassen? Das ergibt doch gar keinen Sinn!"

Diesmal antwortete ihre Mutter, und sie klang nicht erfreut: „Weißt du was? Kümmere dich gefälligst um deine eigenen Sachen, wie deine mittelmäßigen Schulnoten, und misch dich gefälligst nicht in Dinge ein, von denen du nichts verstehst! Dein Onkel ist schließlich ein Hallodri, und seine Handlungen waren schon immer schwer nachzuvollziehen. Und überhaupt, woher weißt du das mit seinen Sachen? Vielen Dank übrigens, dass du uns das Frühstück versaut hast!"

Diese Ansage war deutlich, und Angie gab sich scheinbar damit zufrieden. Trotzdem war ihr eine neue Idee gekommen: Vielleicht konnte sie etwas unter seinen Habseligkeiten, die im Keller gelagert waren, finden.

Sie wartete, bis sie sich an einem der darauffolgenden Nachmittagen sicher sein konnte, dass ihre Eltern beide das Haus verlassen hatten, holte sich den Kellerschlüssel aus dem Büro ihres Vaters, schloss die Kellertür auf und stieg hinunter. Onkel Herberts Kisten waren ganz hinten in der Ecke verstaut. Angie wollte sich das alles genauer anschauen und öffnete die Kisten nacheinander. Es befanden sich nur Kleidungsstücke und Bücher darin. Die Kleidung interessierte sie nicht, Schriftstücke oder Papiere waren leider nicht dabei.

Kurz bevor sie die Suche nach einem entscheidenden Hinweis enttäuscht aufgeben wollte, kam ihr der Gedanke, dass sie eigentlich Bücher gerne las, und möglicherweise war hier das eine oder andere dabei, das sie lesen wollte. Tatsächlich entdeckte sie ein paar, die ihr interessant vorkamen. Angie beurteilte am liebsten, ob sie ein Buch lesen möchte oder nicht, an dessen Anfang. Wenn ihr der Anfang gefiel, gefiel ihr normalerweise auch das ganze Buch. Deshalb öffnete sie die Bücher nacheinander, um die jeweiligen Anfangszeilen zu lesen.

Als sie etwa das 10. Buch aufklappte, fiel ein Schriftstück heraus. Es schien die Kopie eines Testamentes zu sein. Neugierig las Angie dessen Inhalt. Onkel Herbert war anscheinend sehr vermögend und hatte mit seinem Geld die restliche Familie ausgehalten und ihren gesamten Lebensstandard finanziert. Seine einzige Bedingung dafür war, dass er mit auf dem Gut leben durfte. Das Geld stammte anscheinend aus einem sehr erfolgreichen Casinobesuch.

Angie war verblüfft, hatte sie doch bis jetzt gedacht, ihre Eltern wären vermögend und hätten Onkel Herbert, den armen Schlucker, ausgehalten. Aber anscheinend war es genau andersherum. In dem Schreiben stand auch, dass, sollte ihrem Onkel etwas Gewaltsames zustoßen, das ganze Erbe an einen Tierschutzverein gehen würde. Sollte er jedoch friedlich eines natürlichen Todes sterben, würde das gesamte Vermögen ihren Eltern und später ihr selbst gehören, um die weitere Existenz der Familie zu sichern.

Angie faltete das Testament zusammen und steckte es ein. Sie verstaute die Bücher wieder in die Kisten und bemühte sich, alles möglichst unauffällig zu hinterlassen, so dass niemand ihre Nachforschungen bemerken würde. Dann ging sie wieder nach oben, und gerade noch rechtzeitig gelang es ihr, den Kellerschlüssel zurückzubringen, bevor ihr Vater heimkam.

Was hatte das alles zu bedeuten? Aufgeregt und verunsichert las sie das Testament nochmals durch. Die am naheliegendste Schlussfolgerung, die ihr in den Sinn kam, war die eines verübten Verbrechens. Ein Verbrechen, bei dem ihr Onkel ums Leben gekommen war, und genau das sollte auf gar keinen Fall bekannt werden. Der Grund dafür lag auf der Hand, denn das Erbe sollte nicht an den Tierschutzverein fallen. Aber angenommen, ihr Verdacht wäre richtig, wer hätte dann Nutzen von dem Testament? Das war ausschließlich ihre eigene Familie. Da sie selbst nichts damit zu tun hatte, blieben nur ihre Eltern übrig.

Angie erschrak bei dem Gedanken, dass ihr Traum in jener Nacht vielleicht doch kein Traum gewesen war und sie tatsächlich ihren Vater gesehen hatte, wie er Onkel Herberts Leiche gerade im Kofferraum seines Wagens verstaute, um ihn wegzubringen.

Diese Vorstellung ließ ihr in den nächsten Tagen keine Ruhe mehr, sie wollte sich nur zu gern vom Gegenteil überzeugen lassen. Sie wünschte sich, das wäre wirklich nur ein böser Traum gewesen, ein Produkt ihrer Phantasie, ihres Unterbewusstseins oder die Auswirkungen einer stürmischen Nacht, gern auch alles drei zusammen. Onkel Herbert sollte tatsächlich in Bali leben und glücklich sein, und ihre Eltern sollten ausreichend Geld haben, um für ihrer aller Leben aufzukommen.

Doch die Zweifel blieben und um diese endlich abzustellen, fing sie erneut an, ihren Eltern Fragen zu stellen. Und wieder blockten sie ihre Nachforschungen ab. Sie waren in keinster Weise hilfreich und, im Gegenteil, umso mehr sie nachbohrte, umso ärgerlicher und nervöser wurden sie. Die Stimmung zu Hause wurde immer gereizter, bis an den Punkt, als die Eltern ihrer Tochter schlichtweg verboten, den Namen „Herbert" jemals wieder zu erwähnen.

Angie war über diese heftige Reaktion mehr als irritiert, und wusste nicht, was sie noch tun konnte, um der Wahrheit auf die Spur zu kommen.

*

Eines Nachts, einige Wochen später, wachte sie auf, weil sie unten in der Halle wieder ein Geräusch hörte. Sie hatte Durst und wollte in die Küche hinuntergehen, um sich ein Glas Wasser zu holen, denn sie hatte am Vorabend vergessen, den Wasserkrug in ihrem Zimmer aufzufüllen. Als sie in den Korridor trat, hörte sie unten Stimmen. Instinktiv beschloss sie die Treppe möglichst leise hinunterzuschleichen. Bald konnte sie die Stimmen ihrer Eltern erkennen. Sie stritten sich.

Ihr Vater war gereizt: „So hat das keinen Sinn, das Kind wird alles auffliegen lassen, und alles war umsonst. Sie muss weg."

Ihre Mutter hielt dagegen: „Das kannst du doch nicht sagen, sie ist unser eigen Fleisch und Blut, unsere Tochter. Wie können wir ihr etwas antun?"

Der Vater erwiderte kaltherzig: „Du musst dich entscheiden, unser Leben oder ihres. Willst Du wirklich verarmt auf der Straße leben? Wenn Du weiterhin mit deinem gewohnten Lebensstandard hier wohnen bleiben willst, dann muss sie verschwinden und zwar bald."

Angie erschrak zutiefst, sie hatte genug gehört. Zitternd schlich sie die Treppe wieder hinauf, betrat ihr Zimmer und wusste plötzlich, um ihr eigenes Leben zu retten, musste sie dieses Haus so schnell wie möglich verlassen. Sie war gerade 19 geworden und besaß glücklicherweise nicht nur bereits einen Führerschein, sondern auch einen roten Mini Cooper, ein Geschenk ihrer Eltern. Oder vermutlich doch eher ein Geschenk von Onkel Herbert, sollte sein Testament echt sein.

So schnell wie möglich packte sie alle wichtigen Dokumente ein, ihre Kreditkarte, ihr Sparbuch und alles Bargeld, das sie gerade verfügbar hatte, zusammen mit ein paar Kleidungsstücken. Noch in dieser Nacht verließ sie heimlich ihr Elternhaus und musste schweren Herzens von ihrem Reitpferd und ihrem Hund Abschied nehmen. Sie konnte sie nicht mitnehmen, denn sie wusste ja selbst nicht wohin sie gehen sollte.

So begann Angie in dieser Nacht eine Flucht, die sie im Laufe der Jahre rastlos durch einige Länder der Welt führen würde, immer in Angst davor, von ihrer Familie entdeckt und zum Schweigen gebracht zu werden. Und das, obwohl sie keinerlei Beweise für ihre Vermutungen hatte.

Dieses Leben verändert sie. Aus der unbekümmerten Grafentochter wird im Laufe der Jahre eine Frau, die zu früh gezwungen wurde, für sich selbst zu sorgen. Um zu überleben, lernte Angie eine Menge Strategien. Eine davon war es, immer wieder einen Versorger zu finden oder Menschen, die Mitleid mit ihr hatten und ihr etwas umsonst gaben. Männer konnte sie mit Sex ködern, und für alle anderen präsentierte sie eine Angie, die in der Vergangenheit viele Schicksalsschläge durchleben musste und sich nur mit der barmherzigen Hilfe freundlicher Mitmenschen durchs Leben schlagen konnte. Das war von der Wahrheit nicht sehr weit entfernt, aber auch das hatte Angie schnell lernen müssen, die überzeugendsten Lügen waren die, die ein Körnchen Wahrheit beinhalteten. Deshalb gab sie bei diesen „Auftritten" zu, aus gräflicher Familie zu stammen, denn schließlich lebte sie seit vielen Jahren im Ausland und wo immer sie sich auch aufhielt, die Menschen dort kannten mit Sicherheit weder ihren vollständigen Namen noch ihre Familie. Dass Angie ihre Mitleidsgeschichten mit wahren Details ausschmückte, half ihr selbst, sich weniger einsam zu fühlen.

*

Eine innere Unruhe trieb sie an und führte dazu, dass sie oft umzog und manchmal sogar das Land wechselte. Sich tiefer auf eine Beziehung zu anderen Menschen einzulassen, gestattete sie sich nicht. Zu groß war die Gefahr, der Sehnsucht nachzugeben, endlich wieder jemandem zu vertrauen, ganz die Angie sein zu dürfen, die sie einmal gewesen war, und alles zu erzählen. Die einzigen Lebewesen, denen sie vertraute, waren ihre beiden Hunde Luna und Barry. Beides waren mittelgroße kurzhaarige Mischlinge, Luna mit hellbraunem Fell und Barry mit schwarz-weißer Färbung. Sie waren eines Tages gemeinsam im Garten ihres damaligen Wohnortes aufgetaucht und hatten sich sofort wie zuhause gefühlt. Obwohl ihre Färbung so unterschiedlich war, konnten sie durchaus Geschwister sein und wenn nicht das, auf alle Fälle sehr gute Freunde, die beide einen Ort zum Bleiben suchten und bei Angie fanden.

Wie Hunde so sind, spürten sie, dass ihr neuer menschlicher Lebenspartner tief in seinem Inneren eigentlich nur ein verletztes, sensibles und tierliebes Kind war. Manchmal, wenn Angie sich einsam fühlte, erzählte sie Luna und Barry ihre Geheimnisse. Die Hunde dankten ihr für ihre Zuneigung und ihr Vertrauen, indem sie auf sie aufpassten. Sie waren gute Wachhunde, die sofort laut bellten, wenn sich jemand ihrem Zuhause näherte.

Für ihre Mitmenschen dagegen war Angie eine starke, erwachsene Frau, die ein selbstgewähltes, alternatives Leben führte. Dass sie ein Geheimnis zu umgeben schien, machte sie für Männer nur umso interessanter. Um überhaupt über die Runden zu kommen, nahm Angie so ziemlich jeden Job an, der sich anbot. Im Süden Europas half sie gegen Bezahlung bei der Oliven-, Mandel- und Johannisbroternte oder verrichtete Handlagertätigkeiten bei anderen sesshaften Ausländern. Am liebsten jedoch arbeitete sie mit Pferden.

Und so wurde im Laufe der Zeit der eine oder andere Pferdehof ein vorübergehendes Zuhause, wo sie gegen Kost und Logis mithalf. Dass Angie gut mit Pferden und Tieren an sich umgehen konnte, war kaum zu übersehen. Die Pferde anderer Leute erinnerten sie an ihr eigenes Pferd, das sie damals schweren Herzens zu Hause zurücklassen musste. Sie konnte nur hoffen, dass es nach ihrer Flucht gut versorgt worden war.

Auf ihrer jahrelangen Reise war sie schließlich bei dieser Geburtstagsparty auf der Iberischen Halbinsel gelandet. Angie riss sich von den Erinnerungen los, holte möglichst unbemerkt ihre Jacke und verließ die Party, sie machte sich auf den Heimweg zu ihrem momentanen Zuhause. Der Caravan war alt und von außen mit Blumen bemalt, die so schön bunt waren, dass sie seinen desolaten Zustand auf den ersten Blick vergessen ließen. Auch sein Standplatz machte einiges wett: Im oberen Teil eines Hanggrundstücks abgestellt, inmitten eines liebevoll angelegten Gartens mit exotischen Fruchtbäumen, konnte seine Bewohnerin aus dem Fenster hinaus direkt auf den einige Kilometer entfernt liegenden Atlantik blicken. Und das Beste daran war nach Angies Meinung die Tatsache, dass sie dafür nichts bezahlen musste. Insgeheim amüsierte sie sich über die Witwe, die ihr dieses Grundstück zur Verfügung gestellt hatte mit der Bedingung, es in Ordnung zu halten und die dort lebende Katze zu versorgen. Wieder einmal war jemand auf ihre so offensichtlich zur Schau gestellte Not hereingefallen. Komisch, sonst fühlten sich eher Männer dazu verpflichtet, die junge Frau zu retten, wenn sie mit weinerlicher Stimme und nach vorne gezogenen Schultern von ihrem schlimmen Schicksal erzählte. Sie, die verstoßene Grafentochter, mittellos, arm und ungeliebt. Es war fast wie im Märchen. Und es konnte auch nichts schaden, dabei die Augen weit aufzureißen oder leise schluchzend die eine oder andere kleine Träne zu vergießen.

Männer waren ja so blöd und berechenbar.

Angie war zufrieden mit ihrem Leben, manchmal glaubte sie ihre Geschichte schon selbst, so oft wie sie bereits erzählt wurde. Und wie gern ließ sie sich retten von einem möglichst attraktiven Mann. Aber wichtiger als sein Aussehen war der Saldo seines Bankkontos. Geld kam vor Aussehen. Sie war eine Dramaqueen in fast vollendeter Perfektion geworden.

Wenn ihr der Boden zu heiß unter den Füßen wurde, weil ein Typ letztendlich doch merkte, wie sie wirklich tickte, kaufte sie einfach ein Flugticket für sich selbst und ihre beiden Hunde oder stellte sich an die Straße als

Anhalterin und legte eine möglichst große Entfernung zu dem letzten Mann zurück. Nun gut, eine Kehrseite hatte das Ganze, rettende Männer wollten belohnt werden. Schnell hatte Angie begriffen, dass Sex eine Macht war und gezielt eingesetzt dazu führte, dass sie fast alles bekam, was sie wollte. Männer waren wirklich einfach zu beeinflussen, wenn eine Frau wusste, welche Knöpfe sie drücken musste. Macht zu haben war ein so tolles Gefühl für Angie, die sich ansonsten oft ohnmächtig ihrem Schicksal ausgeliefert fühlte, dass sie fast süchtig danach wurde, solange der Mann immer schön nach ihrer Pfeife tanzte und ansonsten alle ihre Wünsche möglichst komplett erfüllte. Was zählte schon eine Stunde Sex hin und wieder gegen ein abgesichertes Leben? Doch um dieses Grundstück und den Caravan zu bekommen, war das gar nicht notwendig gewesen, denn wie bereits erwähnt, hatte eine ältere Frau, die erst kürzlich Witwe wurde, und sich immer noch in einem emotional labilen Zustand der Trauer befand, spontan Mitleid mit Angie und ihrem Schicksal bekommen.

Vielleicht sollte ich frisch gebackene Witwen auch auf meine Liste potenzieller Lebenshelfer setzen? überlegte Angie abends, wenn sie in ihrem neuen und kostenfreien Zuhause saß. Damit war der erste Schritt getan. Doch nun musste sie dafür sorgen, dass sie regelmäßig Essen im Hause hatte. Unbezahlte Gartenarbeit oder Gemüseanbau konnte sie nicht leiden. Sie hatte sogar von Leuten gehört, die davon Rückenschmerzen bekamen. Nein, also das war alles nichts für sie. Sie brauchte jemanden, der das für sie erledigen würde. Zumal sie der Witwe versprechen musste, das Grundstück in Ordnung zu halten.

Da Angie Portugiesisch, die Sprache des Landes, das nun vorübergehend ihr Zuhause war, nicht gelernt hatte, blieb nur jemand übrig, der entweder Deutsch oder Englisch sprach. Diese beiden Sprachen beherrschte sie, und das war bis jetzt bei ihren verschiedenen Auslandsaufenthalten immer ausreichend gewesen.

Ein Mann musste her. Doch woher nehmen?

So schön ihr neues Grundstück auch war, es befand sich auf dem Land in der Nähe eines kleinen portugiesischen Dorfes, und die Auswahl an Männern war nicht eben berauschend. Angie hatte in den letzten Tagen im Dorfsupermarkt mitbekommen, dass sich abends in dem Café an der Ecke die trinkfesten Ausländer trafen. Dort konnte sie vielleicht einen neuen, und vor allem nützlichen Lebensabschnittsgefährten aufgabeln.

Gesagt, getan. Noch an diesem Abend zog sie sich dafür geeigneten Klamotten an: die enge braune Lederhose, die anstelle von Seitennähten mit Lederbändern in

Form gehalten wurde und verheißungsvolle kleine Stellen Haut durchblitzen ließ. Dazu ein ebenfalls figurbetonendes Top und Cowboystiefel. Die langen Haare kunstvoll zerzaust und mit einem passenden Make-up, verwandelte sich Angie ohne viel Mühe in ein verlassen und traurig aussehendes Cowgirl. Als sie ihr Spiegelbild überprüfte und dabei nochmals ihren „Hilfe-rette-mich-Blick" übte, musste sie selbst grinsen. So würde das bestimmt mit einem Typen klappen, denn mit dieser Masche hatte sie bisher immer Erfolg gehabt. Übung machte schließlich die Meisterin.

Da Angie kein Geld für ein Auto hatte, musste sie wohl oder übel zu Fuß ins Dorf gehen. *Andererseits,* dachte sie, *ist das aber auch praktisch, so muss mich ein Typ später mit seiner Karre mitnehmen.*

Sie machte sich keine Illusionen darüber, dass sie zusammen mit einem Mann in einem Bett landen würde, aber was soll's, so lautete der Deal: Sex und Hilfsbedürftigkeit gegen männliche Arbeitskraft und Finanzierung ihres Lebensunterhalts.

Bei Einbruch der Dunkelheit machte sich Angie auf den Weg. Sie hatte gerade genug Münzen dabei, um sich selbst zwei kleine Bier zu kaufen, für Essen war dann nichts mehr übrig.

Mit Bier auf nüchternen Magen werde ich schneller entspannt, und angeheitert an die Sache heranzugehen, kann mit Sicherheit nicht schaden, war ihre pragmatische Meinung dazu.

Das Eckcafé im Dorf verwandelte sich abends tatsächlich in eine Bar, hauptsächlich von Männern besucht, die am Tresen standen und ihre Alltagssorgen hinunterspülten. Als Angie die Bar betrat, richteten sich alle Augenpaare auf sie. Innerlich genoss sie diese Aufmerksamkeit, durfte sich das jedoch nicht anmerken lassen. Stattdessen schaute sie scheinbar ängstlich in die Runde, um das Angebot abzuchecken. Die biertrinkenden Männer am Tresen waren offensichtlich Einheimische, die für sie nicht interessant waren. Doch an einem Tisch weiter hinten saß ein Mann, der ausländisch aussah und so etwas wie Whisky im Glas zu haben schien. Angie tippte auf einen Briten. Englisch konnte sie gut, der sollte es also sein. Mit einem hoffentlich verloren wirkenden Lächeln fragte sie, ob noch ein Platz an diesem Tisch für sie frei wäre. Und ja, natürlich durfte sie sich setzen. Wie sich herausstellte, hieß der Typ John und war tatsächlich Engländer. Er trug keinen Ehering und sah auch nicht zum Davonlaufen aus. Seine Haare konnten einen neuen Schnitt vertragen, aber an seiner

Figur war nichts auszusetzen, *es hätte also schlimmer kommen können*, dachte Angie erleichtert.

Im Laufe des weiteren Abends stellte sie fest, dass John anscheinend ein Alkoholproblem hatte, denn er trank einen Whisky nach dem anderen. Aber da er ihr ebenfalls immer einen mit ausgab, fand Angie das so schlimm auch wieder nicht. Mit jedem weiteren Whisky fand sie es sogar weniger wichtig, bis so ziemlich alles unbedeutend wurde.

An nächsten Morgen wachte Angie mit Kopfschmerzen in einem leicht dreckigen Bett auf, das in einem alten Campingbus eingebaut war. Was letzte Nacht noch so passiert war, daran konnte sie sich kaum mehr erinnern, sie hatte einen fast vollständigen Filmriss. Der Bus war ein alter LKW, den John wohntauglich umgebaut hatte, um damit durch die Welt zu reisen. Vom anderen Ende des Innenraums klapperte Geschirr hinter einem zugezogenen, braunen Vorhang, der als Raumteiler diente, und Kaffeeduft lag in der Luft. Bevor sich Angie aufraffen konnte aufzustehen, kam John, beladen mit zwei kleinen, aber vollen Espressotassen, aus der kleinen provisorischen Bordküche zu ihr zurück.

„Na Prinzessin, ausgeschlafen?" Wenn John lächelte, zeigten sich zwei hübsche Grübchen. Und überhaupt, bei Tageslicht besehen, sah er besser aus als gedacht.

Angie war verdutzt. Soviel Freundlichkeit und Aufmerksamkeit war sie nicht gewohnt.

Und sofort schlug ihr inneres Alarmsystem an: *Warum war jemand so nett zu mir? Was bezweckte er damit?* Denn an Freundlichkeit um ihrer selbst willen glaubte sie schon lange nicht mehr. Wer war sie denn schon?

John jedoch schien ihre Minderwertigkeitsgefühle nicht wahrzunehmen, dazu stand er viel zu sehr mit beiden Beinen mitten im Leben. Bei ihm zählten nur Tatsachen, und eine Tatsache war gerade jetzt eine hübsche Frau mit zerzausten Haaren und unsicherem Blick, die mitten in seinem fahrenden Bett saß.

„Wie heißt du eigentlich? Gestern Abend haben wir wohl etwas zu viel getrunken, nicht wahr? Auf alle Fälle kann ich mich nicht mehr an deinen Namen erinnern."

Bei dieser Ansage lächelte er entwaffnend, die herbeigezauberten Grübchen verliehen ihm ein jungenhaftes Aussehen.

„Ich weiß eigentlich nur noch, dass ich dich mit zu mir genommen habe und ich heute Nacht auf dem Sofa geschlafen habe, damit du in Ruhe pennen kannst."

Angie glaubte, sich verhört zu haben. Wie bitte? Wollte der Typ ihr wirklich weismachen, dass zwischen ihnen letzte Nacht nichts gelaufen war? Wieso war er so nett zu ihr? Allerdings lenkte sie der Kaffeeduft von weiteren Gedanken ab und dankbar nahm sie eine Tasse an. Der Espresso war perfekt zubereitet und verlieh ihr im Nu neue Lebensgeister. Wer immer John auch war, er konnte guten Kaffee kochen, und jetzt war Angie auch wieder wach genug, um zu reden.

„Dein Kaffee ist wirklich gut, und ich heiße Angie."

„Angie, wie passend. Ein vom Himmel gefallener Engel, der direkt in meinem Bett gelandet ist."

John grinste noch breiter.

Bei diesen Worten fühlte sich Angie in ihre Kindheit zurückversetzt, als ihre Mutter ihr eine Tasse heiße Schokolade ans Bett brachte, wenn sie krank war. Damals, als ihr Leben noch in Ordnung war und sie sich geliebt fühlte von ihren Eltern. Sie konnte in diesen glücklichen Kindertagen nicht ahnen, was ihre Eltern bereit waren, für Geld zu tun. Seitdem sie auf der Flucht vor ihnen war, hatte sie sich nie wieder geliebt gefühlt. Sie konnte sich solche vertrauensseligen Gefühle einfach nicht leisten, auch wenn sie die Sehnsucht nach Liebe, Vertrauen und Geborgenheit jeden Tag fühlte. Doch diese Sehnsucht war zu schmerzlich, und deshalb war sie tief in ihrem Inneren versteckt. Johns Fürsorglichkeit und Freundlichkeit trafen sie genau da, wo sie nichts fühlen wollte. Außerdem konnte es gar nicht sein, dass ein Mann einfach nur nett zu ihr war, ohne eine Gegenleistung dafür zu erwarten.

Angie beschloss, diesem gefühlvollen Getue ein Ende zu bereiten, und erwiderte so schroff wie sie nur konnte: „Keine Ahnung, wer du bist und was du von mir willst, eins kann ich dir gleich sagen, du bist überhaupt nicht mein Typ. Verschwende besser nicht deine Zeit mit mir."

Mit diesen Worten sprang sie aus dem Bett und bemerkte, dass sie tatsächlich noch genauso angezogen war wie am Vorabend. Sie packte ihre Jacke und stürmte an dem verdutzten John zur Bustür hinaus. Sie hatte zwar keine Ahnung, wo genau der Campingbus geparkt war, aber nach den zahlreichen Drinks konnten sie letzte Nacht von der Bar aus zu Fuß nicht allzu weit gekommen sein. Und tatsächlich, nachdem sie einen kurzen Feldweg hinunter gestürmt war, erkannte sie die Gegend wieder und machte sich querfeldein auf den Heimweg zu ihrem eigenen bemalten Wohnwagen, wo sie von ihren beiden Hunden bereits sehnsüchtig erwartet wurde.

In den nächsten Wochen vermied Angie die Gegend in der Johns Van stand ebenso wie das Café, in dem sie ihn kennengelernt hatte. Sie wollte ihm auf keinen Fall nochmals begegnen, denn sie befürchtete, dass er sie nur einwickeln wollte, um an vertrauliche Informationen zu kommen. Im Laufe der Jahre war Angie so misstrauisch und hart geworden, dass sie sich gar nicht mehr vorstellen konnte, jemandem zu vertrauen.

Vertrauen kann in meinem Fall tödlich enden.

Diesen Satz hatte sie sich wie ein Mantra so oft vorgesagt, dass er nun, tief in ihrem Unterbewusstsein verankert, seine Wirksamkeit entfaltete. Lieber lebte sie allein, nur zusammen mit ihren Hunden und zahlte den Preis der Einsamkeit.

*

An einem Vormittag im Winter weckte sie das Bellen ihrer Hunde auf, es war schon fast 11 Uhr, aber das war eigentlich nicht ungewöhnlich. Denn auch wenn der Winter im Süden nicht sehr kalt war, Angie hatte keine Heizung in ihrem Wohnwagen und hielt sich deshalb so oft und so lang wie möglich im warmen Bett auf. Doch die Hunde bellten weiter, länger als wenn sie nur einem anderen Hund in der Ferne antworteten. Ihre Besitzerin war jetzt sofort hellwach, denn das konnte nur bedeuten, dass Menschen in der Nähe waren. Und tatsächlich, als sie aus der Wohnwagentür trat, konnte sie jemanden vor ihrem Gartentor stehen sehen. Die Hunde ließen sich nicht beruhigen oder zurückrufen.

Langsam ging Angie den gewundenen Weg zum Tor hinunter und versuchte zu erkennen, wer sie besuchen kommen wollte. Nicht, dass sie auf Besuch wert gelegt hätte, im Gegenteil, nur wenige Menschen wussten, wo sie wohnte, und Einladungen verteilte sie nie.

Am Gartentor angekommen, sah sie sich dem aufdringlichen Typen von Peters Geburtstagsfeier gegenüber. Er hatte einen schwarzen Hund an der Leine neben sich sitzen und lächelte breit, als Angie vor ihm stand. Sofort schlugen sämtliche Alarmglocken bei ihr an. Was wollte er hier und woher wusste er, wo sie zu finden war?

„Hallo, guten Morgen. Schöner Tag heute. Mein Hund hat auf einen Ausflug bestanden, und so sind wir hier gelandet."

Sein Lächeln sollte einnehmend sein, doch Angie hatte sofort den Eindruck, dass es aufgesetzt und falsch war.

Nur mit Mühe gelang es ihr, ihre Abneigung zu unterdrücken. „Hallo. Das ist ja ein Zufall. Woher wissen Sie, wo ich wohne?"

Diesmal sollte seine Mimik anscheinend entschuldigend wirken: „Ach Sie wissen ja, wie unter den Ausländern getratscht wird, irgendjemand hat es mir beiläufig erzählt."

Diese Antwort versetzte Angie sofort in Panik. Wenn schon über sie geredet wurde, war es höchste Zeit, wieder von hier zu verschwinden. Sie durfte sich ihre Betroffenheit aber nicht anmerken lassen, was nicht so einfach war, denn dieser Typ vor ihrem Gartentor, dessen Namen sie noch nicht einmal kannte, war nicht dumm.

„Ich würde Sie ja gern hereinbitten, aber leider befinde ich mich gerade mitten in einem Projekt und habe einen Abgabetermin zu erfüllen." Etwas Blöderes hätte ihr auf die Schnelle nicht einfallen können, denn jetzt war der Besucher erst recht neugierig geworden, sie konnte das an einem Aufblitzen in seinen braunen Augen sehen.

„Oh, tut mir leid, ich wollte sie natürlich nicht stören. Eigentlich wollte ich Sie auch nur zu unserem fernöstlichen Meditationskreis einladen."

Mit diesen Worten reichte er ihr eine Visitenkarte über das Tor.

„Wir treffen uns immer donnerstagnachmittags bei uns zu Hause. Ich würde mich sehr freuen, dich bei uns begrüßen zu dürfen, es würde dir sicherlich guttun."

Er duzte sie plötzlich und lächelte selbstgefällig dabei. Kein Wunder, so grenzüberschreitend wie er war.

Angie riss ihm die Visitenkarte fast aus der Hand, murmelte ein unverbindliches „mal sehen" und beeilte sich, ohne sich noch einmal umzudrehen und gefolgt von ihren beiden Hunden, den Weg durch den Garten zu ihrem Wohnwagen zurückzulegen. Erst als sie die Wohnwagentür hinter sich schloss, bemerkte sie, wie ihre Nerven flatterten, sie zitterte fast.

Dieser Mann konnte ihr gefährlich werden, so viel stand für sie fest. Sie konnte ihn nicht gut einschätzen, und Menschen einzuschätzen war für sie normalerweise kein Problem, jahrelange Übung hatten sie zu einem Profi auf diesem Gebiet werden lassen. Auf der Karte stand, dass er Carl hieß und „Personal Trainer" war, was immer damit auch konkret gemeint war. Ihrem Gefühl nach wollte er etwas von ihr. Nur was? Ging es ihm ausschließlich um sich selbst und seine eigenen Wünsche und Bedürfnisse oder steckte da mehr dahinter? Klar, Männer wie er wollten vielleicht eine Affäre mit ihr, auch wenn er eine feste Beziehung hatte, und selbst wenn es nur war, um sich selbst zu bestätigen. Oder er wollte Anhängerinnen um sich scharen. Dass er die Wichtigkeit seiner eigenen Person hervorheben wollte, konnte Angie bereits auf dieser Geburtstagsfeier vor einigen Wochen beobachten. Aber dennoch, irgendetwas stimmte nicht mit ihm und irritierte sie.

In den nächsten Tagen bemühte sie sich nun, gleich zwei Männern aus dem Weg zu gehen, wenn auch aus unterschiedlichen Gründen: Carl misstraute sie, und John wollte sie nicht vertrauen.

Glücklicherweise fand sie einen Gelegenheitsjob in einer nahe gelegenen Gärtnerei. Und diesen Job hatte ihr Peter besorgt, der gleiche Peter bei dessen Geburtstag sie vor einigen Wochen uneingeladen erschienen war. Er schien ihr das nicht übel genommen zu haben und hatte ihr vor kurzem, als sie ihn zufällig im Dorfladen traf, erzählt, dass in dieser Gärtnerei eine Hilfskraft gesucht wurde. Und er bot ihr außerdem an, ein gutes Wort für sie einzulegen, er kannte die Besitzerin seit langem. Seltsamerweise hatte er gar nicht nachgefragt, ob sie einen Job suchte, so als wäre ihr die finanzielle Not auf die Stirn geschrieben. Aber diesmal war das Angie egal, denn sie benötigte tatsächlich dringend Geld. Und Peter hielt Wort, als sie bei der Telefonnummer anrief, die er ihr auf einen Zettel gekritzelt hatte, wusste die Frau am anderen Ende der Leitung schon Bescheid und lud Angie zu einem Probearbeiten gleich für den nächsten Tag ein. Und das verlief so gut, dass ihr danach die zukünftigen Aufgaben gleich erklärt wurden: wenn sie jeden Morgen kam, durfte sie helfen die Pflanzen in den Gewächshäusern mit einem Wasserschlauch gießen und bekam ihren Lohn täglich bar auf die Hand ausgezahlt. Es war nicht viel, aber sie konnte sich und ihre Hunde damit über Wasser halten und lästigen Papierkram umgehen. Und obwohl sie dafür jeden Morgen sehr früh aufstehen musste und das täglich, war sie darüber nicht unglücklich. Wenn andere aus dem Haus gingen, befand sie sich bereits wieder daheim in ihrem Caravan. Nicht, dass ihre Tage sehr ausgefüllt gewesen wären, aber sie fand es praktisch, dass sie auf diese Weise andere Menschen vermeiden konnte und doch ein kleines Einkommen hatte.

Nein, ihre Tagesabläufe waren wirklich nicht sehr spannend, sie konnte stundenlang tun, was sie wollte. Bei schönem Wetter verbrachte sie viel Zeit lesend im Garten in einem Liegestuhl oder trank Kaffee und bewunderte die Fernsicht auf den Atlantik. Bei schlechtem oder kaltem Wetter hielt sie sich lieber in ihrem Wohnwagen auf, am liebsten im warmen Bett, und sah sich Filme auf ihrem kleinen, tragbaren TV-Gerät an. Sie verfügte über eine überdachte Außenküche mit einer Camping-Kochplatte und einer Kaffeemaschine, einem kleinen Kühlschrank und etwas Geschirr. Genug, um sich in unregelmäßigen Abständen etwas zu essen zu kochen, denn alleine kochen und essen machte ihr im Grunde keinen Spaß. Oft aß sie deshalb nur belegte Brote oder Früchte. Und zwischendurch ging sie hin und wieder mit ihren beiden Hunden, die sowieso auf dem ganzen Gelände frei laufen durften, in der näheren Umgebung spazieren.

Was sich anhörte wie ein paradiesisches Leben, war im Grunde genommen ein Tagesablauf, der nicht sehr viel mehr zu bieten hatte als Entspannung, Nichtstun, Natur und Einsamkeit, denn die Hunde konnten ihr menschliche Gesellschaft und Ablenkung nicht voll ersetzen.

Natürlich musste sie mindestens einmal wöchentlich den nächstgelegenen Dorfladen aufsuchen, um sich mit neuen Lebensmitteln, Hundefutter und Bier einzudecken. Dort traf sie andere Menschen, mit denen sie zurückhaltend Alltägliches austauschte, und weil sie die Landessprache immer noch nicht sehr gut sprach, lief sie nicht Gefahr, mit Einheimischen verdächtige Themen anzuschneiden.

Ausländer traf sie bei ihren Einkaufstouren so gut wie nie, weil sie absichtlich gleich nach ihrer Arbeitszeit in den Lebensmittelladen ging, zu einer Zeit, in der die meisten noch am heimischen Frühstückstisch saßen. Sie packte ihre Einkäufe zum Schluss immer in ihren großen Rucksack, gönnte sich im Café nebenan noch einen Espresso und machte sich dann wieder auf den Rückweg hinauf in die Hügel zu ihrem Caravan. Die Menschen, denen sie dabei begegnete, hatten sich längst an die reservierte deutsche Aussteigerin gewöhnt und stellten keine lästigen Fragen, denn das entsprach sowieso nicht ihrer Mentalität.

*

So vergingen die Wochen gleichförmig und eintönig. Der grüne Frühling wich einem heißen, trockenen Sommer und der wiederum einem etwas kühleren Herbst mit ersten Wolken am bisher strahlend blauen Himmel, die den späteren Winterregen versprachen. Und auch dann konnte Angie ihren Job behalten, weil die Pflanzen in Gewächshäusern standen und von dem Regenwasser nichts abbekamen.

Als sie am Anfang dieses Herbstes frühmorgens in die Einfahrt der Gärtnerei einbog, blieb sie plötzlich wie angewurzelt stehen. Ein paar Meter vor ihr stand das Wohnmobil von John. Was sollte das bedeuten? Für Kunden war die Gärtnerei so früh am Morgen noch nicht geöffnet. Am liebsten wäre Angie sofort wieder umgekehrt und nach Hause gegangen. Ein unentschuldigtes Fernbleiben hätte jedoch ihren Job gefährdet, und das konnte sie sich schlichtweg nicht leisten. In einer alten Frauenzeitschrift hatte sie einmal gelesen, dass es ungemein entspannend wäre, dreimal tief ein- und auszuatmen, und genau das tat sie jetzt. Es konnte nur helfen, so nervös wie sie schlagartig war. Sie bemühte sich, ein forsches Lächeln aufzusetzen, als sie die Gärtnerei betrat, so als hätte sie alles im Griff und als könnte sie nichts an diesem Tag erschüttern. Die Gärtnereibesitzerin kam ihr entgegen, um ihr mitzuteilen, dass sie noch eine Hilfskraft eingestellt hätten, einen sympathischen Engländer namens John. Angie dachte, sie höre nicht richtig und verstand plötzlich, was damit gemeint war, wenn jemand sagt, er denkt, er wäre im falschen Film. Besser hätte sie es auch nicht ausdrücken können, sie war definitiv im falschen Film oder in einem falschen Traum und würde gleich aufwachen. Doch weder das eine noch das andere schien zuzutreffen, denn jetzt bog John um die Ecke und blieb überrascht vor ihr stehen. Entweder war dieser Mann ein sehr guter Schauspieler oder er hatte wirklich nicht gewusst, dass sie hier auch jobbte.

Wenigstens etwas, dann ist er wenigstens nicht wegen mir da.

Als ihre Chefin sie miteinander bekannt machen wollte, murmelte Angie: „Nicht nötig, wir kennen uns bereits", wartete keinerlei Erwiderungen ab und machte sich an ihre Arbeit. Soweit war erst einmal alles gutgegangen, doch natürlich würde Angie John nicht immer aus dem Weg gehen können, so groß war der Betrieb auch nicht, und sie konnte sich ja schlecht mit einem Messer einen privaten Ein- und Ausgang in die Folie des Gewächshauses schneiden, nur um den gemeinsamen Haupteingang zu vermeiden.

In den nächsten Tagen versuchte sie, immer an einer anderen Stelle der Gewächshäuser zu sein als er, möglichst weit entfernt von ihm. Manchmal warf sie ihm im Vorbeigehen ein lässiges „Hello" hin und zeigte ihm ansonsten die kalte Schulter. Er sollte bloß nicht denken, er würde sie interessieren. Diese Taktik ging so lange auf, bis sich der jährliche „Tag der offenen Tür" in dieser Gärtnerei näherte und die Inhaberin sie beide fragte, ob sie nicht Lust hätten, sich etwas dazuzuverdienen und dabei mitzuhelfen. Sie fügte noch hinzu, sie würde auf sie beide zählen, und damit waren die Möglichkeiten, dieses Angebot abzulehnen, plötzlich sehr beschränkt. Ein „Nein" konnte dazu führen, dass der ganze Job gekündigt wurde. John wollte sowieso mithelfen und Angie konnte nicht anders als einzuwilligen, nicht ahnend, dass sie beide für den gleichen Verkaufsstand eingeteilt waren. Und als sie diese Information bekamen, war es bereits zu spät, um abzulehnen. Angie würde also in den sauren Apfel beißen müssen und einen ganzen Tag lang mit John zusammen Seite an Seite Pflanzen verkaufen.

In der Nacht davor schlief sie schlecht, redete sich aber selbst ein, dass alles ganz einfach und glatt über die Bühne gehen würde. Und tatsächlich, an diesem Tag schien alles gut zu laufen. Nervös machte sie nur, dass John sie gleichbleibend freundlich und aufmerksam behandelte und anscheinend in keinster Weise eingeschnappt war, weil sie so offensichtlich nichts von ihm wissen wollte. Er baggerte sie weder an noch ließ er sie links liegen und schien sich ehrlich für sie und ihr Leben zu interessieren. Zwischendurch, wenn eine Kundenflaute war, hatten die beiden genug Gelegenheit, sich zu unterhalten, wie hätten sie das auch vermeiden können?

Am Ende dieses Tages waren sie erschöpft von der Arbeit, aber ihre Beziehung zueinander hatte sich entkrampft. Angie fühlte sich seltsam wohl in Johns Gegenwart, er schien ihr so vertraut, als würde sie ihn schon lange kennen. Deshalb stimmte sie zu, als er vorschlug, den Tag gemeinsam in der Pizzeria im Dorf ausklingen zu lassen. Leisten konnten sie sich das allemal, denn sie hatten an diesem Tag so viel verdient wie ansonsten in einer ganzen Woche. Und tatsächlich fühlte sich Angie bei diesem gemeinsamen Abendessen so gut wie lange nicht mehr. In Johns Gegenwart schien das Leben unkompliziert und sorgenfrei zu sein. Bei

Pizza und ein paar Gläsern Wein vergaß Angie ihre Sorgen für ein paar Stunden und fühlte sich wie eine ganz normale junge Frau mit einem ganz normalen Leben. Sie ertappte sich sogar dabei, wie sie mit John flirtete. Am Ende des Abends musste sie sich schwer zusammenreißen, um seine Einladung, bei ihm in seinem Bus zu übernachten, nicht anzunehmen. Zu gern hätte sie die Leichtigkeit dieses Abends in dieser Nacht fortgesetzt, doch ein letztes bisschen Vernunft brachte sie dazu, bedauernd aber bestimmt „Nein" zu seinem Vorschlag zu sagen. Immerhin respektierte er das und drehte kommentarlos seinen Bus wieder Richtung Dorf, nachdem er sie am Fuße ihres Hügels abgesetzt hatte.

In den nächsten Wochen verhielt sich John während der Arbeitsstunden ihr gegenüber freundlich, aber auch zurückhaltend. Er schien zu respektieren, dass sie nichts als einen freundschaftlichen Umgang mit ihm wollte. Was allerdings wirklich in Angie vorging, konnte er nicht ahnen. Wie gern wäre sie eine unkomplizierte Beziehung mit ihm eingegangen, doch unkomplizierte Beziehungen waren in ihrem Leben nicht vorgesehen. Würde sie sich mehr auf ihn einlassen, müsste sie die ganze Zeit darauf achten, nicht das Falsche zu sagen oder nicht irgendwelche Informationen über ihre Vergangenheit zu verraten. Und das wäre alles andere als unkompliziert, sie würde ihn fortwährend belügen müssen. Bei Männern, die sie als reine Beute betrachtete, war das nicht weiter schlimm, doch John schien so ehrlich und geradlinig zu sein, dass Angie sich nicht sicher sein konnte, nicht doch die Beherrschung zu verlieren und ihm alles zu erzählen. Das konnte und durfte nicht passieren. Deshalb war es wesentlich besser für sie, sich so gut wie möglich von ihm fernzuhalten, und wenn das wegen der gemeinsamen Arbeitsstelle schon geographisch nicht ging, so doch auf alle Fälle emotional, so schwer ihr das manchmal auch fiel. Die Vernunft musste siegen, sie durfte ihr Leben nicht gefährden.

In der darauffolgenden Zeit siegte ihre Vernunft tatsächlich. Ihr Leben plätscherte im gewohnten Ablauf so dahin. Manchmal beschlich sie der Gedanke, dass ihr Alltag ganz schön langweilig war, und sie konnte ja nicht ahnen, dass sie sich schon bald nach dieser Langeweile zurücksehnen würde.

*

Eines Morgens – es war mittlerweile wieder Frühling geworden – ging sie bei Sonnenaufgang die paar Hundert Meter von ihrem Wohnwagen zu dem Job in der nahegelegenen Gärtnerei. Auf dem Weg dorthin fand sie mitten auf der Straße Glassplitter, eine zerbeulte Stoßstange lag unweit davon im Straßengraben. Merkwürdig, sie hatte in der Nacht gar nichts von einem Autounfall mitbekommen. Normalerweise hallten alle Geräusche in diesem Tal nach und sie bekam so etwas auf ihrem Hügel gut mit. Nun ja, vielleicht hatte sie einfach zu fest geschlafen, um von dem Geräusch eines Autos, das einen Unfall hatte, aufzuwachen. Trotzdem war Angie in ihrem Innersten alarmiert, ihr Unterbewusstsein mit seinen Schutzstrategien funktionierte bestens und von ganz allein. Das zweite Merkwürdige an diesem Morgen war, dass John unentschuldigt bei der Arbeit fehlte. Die aufgebrachte Inhaberin der Gärtnerei konnte ihn auch nicht telefonisch erreichen, weil sein Handy ausgeschaltet war.

John hatte noch nie gefehlt.

Angie wurde noch unruhiger, ohne genau sagen zu können, wieso. Nach der Arbeit beschloss sie nachzuschauen, ob er vielleicht krank war und etwas brauchte. Er hatte ihr erst kürzlich erzählt, dass er den Standplatz für seinen Bus gewechselt hatte und nun offiziell auf dem Grundstück eines Deutschen stehen durfte. Im Gegenzug passte er auf das Anwesen auf. Angie kannte dieses Grundstück und wusste, dass es 5 km entfernt lag. Zu weit, um zu Fuß zu gehen. Da sie selbst keinen fahrbaren Untersatz hatte, blieb ihr nichts anderes übrig, als sich an die Landstraße zu stellen und den Daumen rauszuhalten. Tatsächlich hatte sie noch keine fünf Minuten da gestanden, als ein dunkler Pkw mit getönten Scheiben und ausländischem Kennzeichen neben ihr hielt.

So ein Glück, dachte Angie und öffnete schon die Beifahrertür. Der Fahrer kam ihr seltsam bekannt vor und als er sie fragte, wohin sie wollte, erkannte sie ihn an der Stimme. Es war Carl, der unsympathische „Personal Trainer". Der hatte ihr gerade noch gefehlt. Doch sich jetzt noch umzuentscheiden und die Autotür von außen wieder zu schließen, erschien ihr albern. Sie stieg ein.

Auf seine Frage, wohin sie wollte, nannte sie ihm den Namen der Gegend, in der Johns Bus stand und rang sich dabei ein mühsames Lächeln ab. Sie hatte überhaupt keine Lust auf ein Gespräch, musste aber höflichkeitshalber auf seine Fragen irgendetwas antworten.

„Na, so ein Zufall, ich habe dich lange nicht mehr gesehen und dich trotzdem nicht vergessen. Eigentlich denke ich fast jeden Tag an dich." Carl lächelte bei diesen Worten einschmeichelnd.

Angie wurde schlagartig übel. Wieso nur klangen diese Worte wie eine Drohung? Vielleicht war sie schon paranoid, der Typ kannte sie doch gar nicht. Sie konnte sich sofort wieder daran erinnern, wie unangenehm sie diese Zweideutigkeit fand, schon damals auf Peters Geburtstagfeier, als sie ihm das erste Mal begegnet war.

Na warte, dachte sie bei sich, und erwiderte laut: „So allein unterwegs? Wie geht es denn deiner Frau?"

Seine Antwort machte ihn ihr nicht sympathischer. „Als ich sie das letzte Mal gesehen habe, ging es ihr gut. Sie ist daheim und passt auf die Hunde auf."

Komisch, fiel Angie ein, normalerweise ist das doch umgekehrt, Hunde passen auf Menschen auf. Um einem weiteren Gespräch aus dem Weg zu gehen, betrachtete sie ab jetzt betont abgewandt aus dem Beifahrerfenster blickend die Citrusbäume, die die Straße säumten. Carl versuchte noch etwas Smalltalk zu machen, bekam aber keine Antwort und gab schließlich auf.

Die 5 km waren bald überwunden, und Angie konnte dem Auto und seinem Fahrer entfliehen. Wieso dachte sie nur immer an Flucht im Zusammenhang mit diesem Mann?

Wie auch immer, jetzt galt es, John zu finden. Und genau das stellte sich als schwieriger heraus als gedacht. Denn weder John noch sein Bus befanden sich auf dem Grundstück. Zuerst dachte Angie, sie habe sich im Platz geirrt, aber dann rief sie sich die Unterhaltung mit ihm ins Gedächtnis, bei der er ihr erzählt hatte, wohin er umgezogen war. Es konnte keinen Zweifel geben, das musste das Grundstück sein. Von John gab es hier allerdings keine Spur.

Da sie aber schon einmal da war, wollte sie weiter nachforschen und machte sich auf dem weitläufigen Gelände auf die Suche nach dem Wohnhaus des Besitzers, eines deutschen Rentners, der immer wieder auf Reisen ging und deshalb jemanden gesucht hatte, der mit auf dem Grundstück wohnte, in seiner Abwesenheit darauf aufpasste und seinen Hund mit versorgte. John und sein Bus waren ideal für ihn gewesen. Genau wie umgekehrt, John konnte endlich offiziell an einem Ort parken und wohnen und durfte sogar eine Außenküche und Außendusche mitbenutzen. Es war eine win-win-Situation, beide Parteien profitierten davon.

Angie folgte der Auffahrt und fand bald ein im typischen Algarve-Stil gebautes und renoviertes Bauernhaus, das Wohnhaus. Ein bellender, großer Hund lief aus der offenen Tür auf den Eindringling zu. Da sie Hunde mochte, hatte sie keine Angst, hockte sich hin und beruhigte den schwarzen Hund mit leiser Stimme. Danach durfte sie zur Haustür weitergehen, der Hund schnüffelte in der Zwischenzeit an ihrer Kleidung, um den Duft ihrer beiden Hunde aufzunehmen.

„Hallo! Ist hier jemand?" rief sie laut, sie wollte schließlich niemanden durch ihr unangemeldetes Auftauchen erschrecken.

Im Hintergrund des Hauses öffnete sich eine Zimmertür, jemand kam ihr entgegen.

„Hello, can I help you?", kam eine Antwort auf Englisch zurück.

Komisch, was sollte das nun wieder bedeuten? Soweit Angie informiert war, wohnte hier ein Deutscher.

Der Mann, der aus der Haustür trat, bemerkte ihr Zögern und fügte hinzu: „Aber wenn Sie wollen, können wir gern Deutsch reden. Ich bin Niederländer und spreche beide Sprachen." Jetzt war Angie noch verwirrter, denn dieser Mann war zudem keineswegs im Rentenalter, sondern Anfang 40.

„Ich suche jemanden, einen guten Bekannten, der hier wohnt. Er heißt John."

„John? Nie gehört. Ich glaube, du hast dich im Grundstück geirrt. Kann ich dir sonst noch irgendwie weiterhelfen? Möchtest du vielleicht ein Glas Wein mit mir trinken?"

Angie fühlte sich überrumpelt. Soviel Vertraulichkeit von jemandem, den sie noch nie zuvor gesehen hatte, fühlte sich grenzüberschreitend an. Andererseits war sie sich ziemlich sicher, auf dem richtigen Anwesen zu sein. Ein Glas Wein gab ihr vielleicht die Gelegenheit, mehr darüber herauszufinden, was hier vor sich ging.

Sie bemühte sich, erfreut zu lächeln: „Ja klar, gern. Wein geht immer."

Der Spruch kam an. Ihr Gegenüber grinste bereits anzüglich: „Ich habe gerade eine Flasche Rotwein geöffnet. Komm mit, wir setzen uns hier auf die Terrasse."

Seltsamerweise standen auf dem kleinen Haustisch schon zwei Weingläser neben der geöffneten Weinflasche. Als Angie die beiden Weingläser sah, bekam sie augenblicklich eine innere Panikattacke. So ein Zufall war doch äußerst komisch. Andererseits neigte sie zu übertriebener Vorsicht; durch ihr Leben auf der Flucht hatte sie sich ein äußerst sensibel reagierendes inneres Alarmsystem zugelegt, das oft über das Ziel hinausschoss und unter völlig normalen Umständen schon ansprang. Auch bei diesen beiden Weingläsern gab es sicherlich eine ganz normale Erklärung.

Kein Grund zur Panik, versuchte sie sich selbst zu beruhigen und setzte sich zu ihrem Gastgeber an den Tisch.

Während sie die Flasche Wein austranken, erfuhr sie von ihm, dass er Paul hieß und angeblich vor einem halben Jahr dieses Anwesen gekauft hatte von einem Portugiesen. Ein Engländer mit einem Bus namens John war ihm genauso wenig bekannt wie ein Deutscher, der hier hätte wohnen sollen. Während dieser Unterhaltung fühlte sich Angie immer unwohler, der Wein half ihr immerhin, sich etwas zu entspannen und nicht schreiend davonzurennen. Denn genau das hätte sie am liebsten getan. Am Ende der Flasche Wein schaffte sie es sogar, sich von Paul zu verabschieden, ohne unhöflich zu werden, und dankend sein Übernachtungsangebot, das er sicherlich nicht ohne Hintergedanken gemacht hatte, abzulehnen. Sie log ihm vor, dass ihr Freund sie gleich unten an der Straße mit seinem Auto abholen würde und brach so schnell wie möglich auf. Die Dämmerung hatte bereits eingesetzt, als sie die Auffahrt wieder hinunterlief. Als sie zufällig nach links sah, konnte sie dennoch zwei tiefe Reifenspuren erkennen, die vom Hauptweg abbogen und sich in die weiche Gartenerde eingegraben hatten. Sie waren groß genug, um von einem Bus zu stammen.

Diesmal kam kein Carl zufällig mit seinem Auto vorbei, um sie mitzunehmen. Es machte Angie nicht viel aus, zu Fuß nach Hause zu laufen, denn damit hatte sie genügend Zeit, ihre Gedanken zu ordnen und die Wirkung des Rotweins verfliegen zu lassen.

Wieso dachte sie ausgerechnet jetzt an Carl? Die Erklärung, die ihr dazu einfiel, erschien ihr plausibel. Beide Männer, Paul und Carl waren Holländer. Im Ausland fanden sich die Eingewanderten gern in sogenannten Communities zusammen, bildeten Gruppen mit ihren eigenen Landsleuten. Deshalb war es naheliegend, dass sich Carl und Paul von der holländischen Gruppe her kannten. Natürlich gab es auch eine deutsche und eine englische Community. Angie wusste, dass in diesen Gruppen viel über die anderen Mitglieder getratscht wurde und hielt sich schon aus diesem Grund von der deutschen fern.

Ihr kam eine Idee. Vielleicht wusste jemand aus der englischen Community etwas über Johns Verschwinden, soviel sie wusste, war John ein geselliger Typ, der die Abende gern mit anderen Engländern in den Kneipen verbrachte.

Auf ihrem Nachhauseweg musste sie sowieso an dem Dorfcafé vorbeilaufen, in dem sie John vor vielen Wochen zum ersten Mal begegnet war. Einen Versuch war es wert. Angie betrat die Bar und hatte Glück. An einem Tisch saßen drei Engländer, das konnte sie an der halben Flasche Whisky erkennen, die mit ein paar Gläsern vor ihnen auf dem Tisch stand. Whisky tranken Einheimische oder Deutsche eher selten. Im Nebenzimmer konnte Angie durch die geöffnete Tür noch weitere Ausländer Billard spielen sehen.

Die deutsche Frau beschloss, den direkten Weg zu wählen, steuerte zuerst auf den Tisch mit den Whiskytrinkern zu und sprach sie auf Englisch an: „Hi guys, I am looking for John, do you know, where he is?"

Die Typen waren sofort bereit, sich mit der Ausländerin zu unterhalten. Leider konnten sie keine brauchbaren Informationen liefern, denn sie hatten John seit zwei Tagen nicht mehr gesehen. Also versuchte sie ihr Glück im Nebenzimmer bei den Billardspielern. Zwei weitere Engländer teilten sich einen Snookertisch mit zwei Holländern.

Sie stellte wieder ihre Frage auf Englisch und einer der Holländer sah sie kritisch an: „Was willst du denn von ihm?"

Angie war verdutzt, mit so einer Reaktion hatte sie nicht gerechnet, es klang fast so, als wäre dieser Holländer der Leibwächter von John. „Nichts, was ich dir erzählen möchte. Wenn ihr ihn seht, sagt ihm bitte, dass Angie mit ihm sprechen will."

Mit diesen Worten trat sie den Rückzug aus der Bar an, genauso schlau wie vorher, von John schien es keine Spur zu geben.

Sie machte sich auf den Weg weiter den Hügel hinauf zu ihrem Caravan. Kurz bevor sie an ihrem Gartentor angekommen war, sah sie etwas neben der Straße im

Mondlicht glänzen. Und dann erinnerte sie sich wieder, da hatten doch heute Morgen die Überreste eines Autounfalls gelegen, und tatsächlich, der glänzende Gegenstand war die Stoßstange eines Autos. Angie betrachtete sie näher. Diese Stoßstange war eigentlich ziemlich groß für einen normalen Pkw. An einer Stelle schien ein ovaler Aufkleber abgekratzt worden zu sein. Eine Erinnerung versuchte sich in ihr Bewusstsein zu drängen, verschwand jedoch gleich wieder. Aus Erfahrung wusste sie, dass sie sich später wieder daran erinnern würde, wenn es wichtig war. Und tatsächlich, mitten in der folgenden Nacht schreckte sie hoch. Sie erinnerte sich. Johns Bus hatte einen ovalen Aufkleber auf der Stoßstange gehabt mit einem „GB" als Landeskennzeichen für Great Britain. Sofort bekam sie Herzrasen. Das konnte doch nur bedeuten, dass er letzte Nacht mit seinem Bus ganz in ihrer Nähe gewesen und ihm etwas zugestoßen war. Noch schlimmer, er schien seitdem verschwunden zu sein.

Was war nur geschehen, und warum?

Diese Fragen hielten sie für den Rest der Nacht wach.

Auch am nächsten Morgen konnte sie die wärmenden Sonnenstrahlen und die erste Tasse Kaffee auf ihrer Terrasse nicht genießen. Ihr Verstand arbeitete auf

Hochtouren, es musste doch eine Möglichkeit geben, herauszufinden, wo sich John derzeit aufhielt. Da Angie ängstlich darauf bedacht war, keine Spuren zu hinterlassen, die ihre wahre Identität verrieten, besaß sie weder einen Computer noch einen Laptop noch ein Smartphone. All das hätte ihr bei ihrem jetzigen Wohnort auch nichts genutzt, denn hier auf dem Hügel außerhalb des Dorfes hatte sie keinen Internet-Empfang. Für ihr Leben reichte ein altmodisches Mobiltelefon mit einer Prepaidkarte zum Telefonieren völlig aus. Trotzdem lebte sie nicht hinter dem Mond und wusste, dass die meisten Menschen im Internet Spuren hinterließen. Was sie für sich selbst auf keinen Fall wollte, könnte ihr mit John weiterhelfen.

Im Dorf gab es noch ein übrig gebliebenes Internetcafé und Angie beschloss, dort nach John zu suchen.

Nach ihren zwei Arbeitsstunden in der Gärtnerei lief sie hinunter zum Marktplatz. Sie bestellte sich eine Tasse Milchkaffee am Tresen und startete den Laptop des Internetcafés. Von der Arbeit her kannte sie Johns Nachnamen und gab seinen vollständigen Namen in die Suchmaschine ein.

Überrascht betrachtete sie die Ergebnisse: Die Suchmaschine wies für diese Namenskombination genau null Treffer aus. Engländer, die John hießen, gab es natürlich zu Tausenden, aber niemanden, der dazu noch seinen Familiennamen trug. Angie war ratlos. Wie konnte das denn sein? Heutzutage war wirklich so gut wie jeder im Cyberspace zu finden, wenigstens mit einem klitzekleinen Vermerk. Doch in Johns Fall gab es da nichts.

Was nun? Als sie in ihrer Tasche nach Kleingeld für den Milchkaffee kramte, fand sie die Visitenkarte von Carl, die sie nach seinem unverhofften Besuch anscheinend in die Tasche gestopft hatte. Jetzt, wo sie schon einmal hier war, konnte sie doch gleich noch Erkundigungen nach Carl einziehen. Wenigstens unter seinem Namen gab es eine Vielzahl von Treffern. Carl war in seinem früheren Leben Bibliothekar gewesen. Das passte eigentlich gar nicht zu seinem großspurigen Auftreten. In Angies Vorstellung waren Bibliothekare introvertierte, belesene und eher scheue Menschen. Und vielleicht war ihre Vorstellung gar nicht so falsch. Denn das Foto neben dem Namen von Carl zeigte nicht ihn, sondern einen anderen Mann um die 40. Dieser Mann kam ihr seltsam bekannt vor, und richtig, jetzt fiel es ihr wieder ein, dieses Foto zeigte Paul, den Typen, mit dem sie auf der Suche nach John eine Flasche Rotwein getrunken hatte. Angie wurde übel, und das nicht, weil der Kaffee zu stark gewesen wäre.

Was ging hier vor? Carl benutzte den Namen von Paul, aber wer war dann Carl wirklich? Und wo war John?

An diesem Punkt angelangt, würde sie normalerweise sofort ihren Rucksack packen und schnellstmöglich die Gegend oder, noch besser, das Land verlassen. Nur, wer würde dann nach John suchen? Angie konnte ihn einfach nicht im Stich lassen, auch wenn sie so gut wie nichts über ihn wusste. Fast hätte sie hysterisch gekichert, eigentlich passte er gut zu ihr mit seiner Nichtauffindbarkeit im Internet. Würde jemand nach ihrem Namen im Netz recherchieren, gäbe es nur oberflächliche Informationen zu finden. Und wer sagte außerdem, dass sich noch nie jemand auf die Suche nach ihr begeben hatte?

Wie konnte sie jetzt weiter vorgehen? Der einzige Kontakt, der ihr vielleicht weiterhelfen konnte, war dieser Carl. Sie wollte herausfinden, wer er wirklich war und welche Rolle er bei alldem spielte. Gut, Carl hatte sie eingeladen, an der esoterischen Runde bei sich zu Hause teilzunehmen, und er liebte es, im Mittelpunkt der Aufmerksamkeit zu stehen.

Noch im Café schrieb sie ihm eine Mail an die angegebene Adresse auf der Visitenkarte, mit der Bitte sie anzurufen. Als Grund gab sie an, dass sie sich nicht gut fühlte und seine Hilfe brauchte. Für einen Mann mit einem dermaßen ausgeprägten Geltungsbedürfnis dürfte dieser Köder ausreichend sein. Und tatsächlich, kaum war sie eine gute Stunde später wieder bei sich daheim angekommen, klingelte ihr Handy. Wie erwartet, war Carl (oder wie immer er in Wirklichkeit hieß) sofort bereit, ihr zu helfen.

„Falls du irgendwelche psychischen Probleme hast, bist du bei mir genau richtig. Auch wenn ich nie Psychologie studiert habe, weiß ich genau, was Menschen brauchen, um glücklich zu werden. Du kannst es eine Begabung nennen. Wenn du willst, können wir sofort ein Heilungsgespräch vereinbaren. Über eine Bezahlung brauchst du dir übrigens keine Sorgen zu machen, es wird sich schon die eine oder andere Gegenleistung finden.“

Angie war sprachlos über seine Dreistigkeit, vereinbarte aber folgsam einen Beratungstermin für den nächsten Nachmittag. Er würde sie abholen, weil er wusste, dass sie kein Auto hatte.

Pünktlich am nächsten Nachmittag bellten die Hunde im Garten, Carl stand vor ihrem Tor. Er war mit dem gleichen Auto gekommen, mit dem er sie vor wenigen Tagen zu „Paul“ mitgenommen hatte.

Carl lächelte sie mitfühlend an, und Angie war froh, dass sie nicht so dumm war, um auf diese Masche reinzufallen. Zum Schein ging sie jedoch darauf ein und setzte ein möglichst weinerliches Gesicht auf. Jemandem etwas vorzumachen fiel ihr leicht, sie hatte schließlich jahrelange Übung darin, sich durchs Leben zu schlagen und dabei den einen oder anderen Mann zu bezirzen, der hilfreich sein konnte. Dieser Carl würde ein leichtes Opfer für sie sein, so überzeugt wie er von sich war, auch wenn er vermutlich dachte, es wäre genau andersherum.

Tatsächlich sprang Carl auf ihre offensichtliche Hilfsbedürftigkeit sofort an: „Du armes Mädchen, komm, lass dich umarmen und dir helfen."

Unter normalen Umständen hätte Angie ihm vermutlich gegen das Schienbein getreten, aber jetzt ging sie auf sein Angebot ein und ließ sich innerlich widerwillig umarmen, nicht ohne dabei theatralisch zu seufzen.

Carl ließ sie wieder los und nahm sie bei der rechten Hand: „Und nun komm mit mir, denn in meinem Haus unterstützen mich ganz besondere Heilungsenergien."

Angie hätte am liebsten die Augen verdreht, willigte aber ein: „Ja, bitte, das ist genau, was ich brauche."

Eine Viertelstunde Fahrtzeit später hielt Carl den Wagen vor seinem Tor an. Zwei Hunde sprangen ihnen freudig bellend entgegen, und im Hintergrund trat seine Lebensgefährtin Marlene aus der Haustür. Angie hatte sie auf Peters Geburtstagsparty schon kurz kennengelernt.

Selbstverständlich war Marlene in weiße, wallende Gewänder gekleidet, der erste Eindruck musste schließlich stimmen.

Wahrscheinlich bündelt das die Heilungsenergie, dachte Angie sarkastisch, gleichzeitig bemüht, weiterhin hilfsbedürftig und leidend zu erscheinen.

Der Garten des älteren Hauses war weitläufig und schön, wenn auch nur mit wenigen Pflanzen ausgestattet. Das Haus war durch diverse „Kunstgegenstände", wie eine davor stehende bemalte Holzbank, aufgehübscht. Der Betrachter wurde dabei vom Gesamteindruck abgelenkt und bemerkte möglicherweise nicht, dass das Haus einige Ausbesserungsarbeiten nötig hatte.

Im Stillen sammelte Angie so viele Informationen wie möglich: Anscheinend war nicht wirklich viel Geld vorhanden, aber trotzdem wollte Carl keine monetäre Bezahlung für seine „Heilungsarbeit". Andererseits war er damit auf der sicheren Seite, denn ohne Ausbildung durfte er auf dem Gesundheitssektor offiziell gar nicht tätig sein, und ohne direkte Bezahlung konnte er sich sicherlich gut herausreden, falls jemand nachfragen würde.

Carl und Marlene, die beiden selbsternannten Heiler, boten Angie einen reinigenden Kräutertee an. Angie, die am liebsten Kaffee trank und Kräutertee eigentlich verabscheute, bemühte sich, erfreut auszusehen, als sie eine Tasse dampfenden Tee entgegennahm. Schweigend nippte sie an dem Getränk.

Das Reden überließ sie lieber „Carl", genauso wie Marlene, die die Monologe ihres Lebensgefährten zu kennen schien. Für Angie war es eine gute Gelegenheit, diesen „Heiler" näher kennenzulernen, hin und wieder stellte sie eine schüchterne Frage, um seinen Redeschwall in ihrem Sinne zu lenken. Marlene schien geistig abgeschaltet zu haben und war nur noch körperlich anwesend, vermutlich kannte sie alles, was Carl langatmig erzählte, bereits auswendig.

Carl hielt zunächst einen Vortrag über die heilenden Kräfte der Natur und die heutige Zeit, die so schnell war, dass gestresste und kranke Menschen das zwangsläufige Resultat waren. Zum Glück gab es aber eine Handvoll Menschen, die es sich zur Aufgabe gemacht hatten, diesen Planeten und seine Bewohner zu retten. Natürlich war Carl dabei einer dieser Auserwählten. Angie konnte sich glücklich schätzen, vom Universum in seinen Dunstkreis geleitet worden zu sein. An dieser Stelle seiner Ausführungen hätte Angie am liebsten laut gegähnt, der Kräutertee half ihr nicht, gegen ihre Langeweile anzukämpfen.

Schnell stellte sie eine Frage, um etwas Interessanteres zu erfahren: „Welche Wege haben euch nach Portugal geführt?"

Das Wort „euch" schien dem Heiler unbekannt zu sein, und sofort fing er an, über seinen Werdegang zu schwadronieren. Oje. Angie stand jetzt wirklich kurz davor, am Gartentisch einzuschlafen. Komisch, so müde war sie doch normalerweise nicht am helllichten Tag.

„*Wahrscheinlich war die Aufregung der letzten Tage doch etwas viel gewesen*", war ihr letzter Gedanke, bevor sie tatsächlich in einen tiefen, schlafähnlichen Zustand fiel.

*

Als sie wieder aufwachte, lag sie auf einem Bett mit einer buntbedruckten Tagesdecke. Eine späte Nachmittagssonne schickte schräge Strahlen durch das einzige Fenster des Zimmers. Ihre Jacke und ihre Handtasche lagen auf einem Stuhl neben dem Bett. Angie kämpfte sich, noch immer benommen, hoch und untersuchte als Erstes ihre Handtasche. Alles schien noch da zu sein, doch sie hätte schwören können, dass ihr Ausweis vorher andersherum in dem Fach ihrer Brieftasche gesteckt hatte.

Nachdem es ihr gelungen war, sich vollends aufzurappeln, öffnete sie die Zimmertür, die zum Glück nicht verschlossen war, und schlich behutsam hinaus in die Diele. Aus einem angrenzenden Zimmer klangen leise Stimmen.

Es kam ihr vor wie ein Déjà-vu-Erlebnis aus ihrer Kindheit. Auch damals war sie aus ihrem Zimmer getreten und hatte eine leise Unterhaltung ihrer Eltern mit angehört, die ihr ganzes Leben verändert hatte. Was Carl gerade mit Marlene besprach, klang kaum weniger wichtig.

„Es ist doch immer wieder schön zu sehen, wie gut unsere Kräutermischung wirkt", kicherte Marlene, anscheinend hoch erfreut.

„Aber bald wird sie wieder aufwachen. Nur zu blöd, dass wir nicht mehr Informationen über diese dumme deutsche Gans in ihrer Handtasche finden konnten. Geld scheint sie auch nicht zu haben. Sie hat sogar noch weniger Kohle als dieser Engländer. Hättest Du damals allerdings seinen Presseausweis nicht gefunden, wären wir schön baden gegangen. Dieses Problem konnten wir wenigstens aus der Welt schaffen. Ich glaube, es lohnt sich nicht, Zeit in diese Deutsche zu investieren."

Carl wollte nicht so leicht aufgeben: „Ach, weißt Du, zurzeit haben wir doch niemand anderen. Lass uns mal sehen, ob sie uns nicht doch nützlich sein kann. Wir spielen unser Spiel noch etwas weiter."

Endlich hatte er seine Maske fallen lassen und war der berechnende Mann, als den Angie ihn von Anfang an wahrgenommen hatte. Sie hatte genug gehört, schlich zurück in das Zimmer, zog sich ihre Jacke an und ging geräuschvoll noch einmal hinaus.

Sofort ging die Tür zum Nachbarzimmer auf und Carl empfing sie fürsorglich lächelnd: „Na, sieh mal einer an, da kommt ja unser müder Gast. Es ist selten, dass jemand so schnell die Heilungsenergien dieses Hauses anzapft. Du kannst dich glücklich schätzen."

Diesmal musste sich Angie schwer zusammenreißen, um ihn nicht wirklich ins Schienbein zu treten.

Für diesen Tag hatte sie genug erlebt und gehört, deshalb bat sie „Carl" mit leiser Stimme, die gespielte Hilfsbedürftigkeit ausdrücken sollte, er möge sie nach Hause fahren. Da er und seine Lebensgefährtin anscheinend keine Idee hatten, was sie mit Angie an diesem Tag noch anstellen konnten, willigte er sofort ein und brachte sie zurück zu ihrem Caravan und den Hunden auf dem Hügel.

Sobald Angie wieder allein war, holte sie eine Flasche Wodka unter dem Bett hervor – ihre eiserne Reserve für Notfälle. Und wenn das mal kein Notfall war, dann wusste sie auch nicht, was einer sein sollte. Nach dem ersten Schluck Wodka kehrten ihre Lebensgeister langsam wieder zurück, und nach dem zweiten Schluck konnte sie sogar wieder klar denken.

Dieser Engländer mit dem Presseausweis, über den die beiden angeblichen Heiler geredet hatten, was wäre, wenn es sich um John handelte?

Kaum vorstellbar, doch ein weiterer Schluck Wodka rückte diesen Gedanken in den Bereich des Möglichen. Sollte John Journalist sein und er hatte das niemandem gesagt, war er wohl auf Undercover-Recherche.

Doch wem oder was war er auf der Spur? Und hatte sein plötzliches Verschwinden etwas damit zu tun? War er absichtlich untergetaucht, weil er in Gefahr geraten war?

Nach Carls Aussage hätte John ihn und seine betrügerischen Machenschaften auffliegen lassen können. Angie dachte weiter angestrengt nach, der Wodka auf nüchternen Magen half ihr seltsamerweise dabei. Wenn sich John tatsächlich für selbsternannte Heiler interes-

sierte und den Schaden, den sie bei ihren „Patienten"
anrichten konnten, dann hatte er sich wahrscheinlich in
der Vergangenheit bereits mit diesem Thema auseinan-
dergesetzt und vielleicht sogar den einen oder anderen
Artikel dazu veröffentlicht. Und konnte sie schon John
nicht im Internet finden, dann doch möglicherweise einen seiner Artikel.

Mit diesem produktiven Gedanken schlief Angie al-
koholentspannt ein und wachte erst wieder früh am
nächsten Morgen auf.

*

Nach ihrem morgendlichen Gieß-Job in der Baum-
schule, besuchte sie ein weiteres Mal das Internetcafé
unten im Dorf. Mit einer großen Tasse Milchkaffee
machte sich Angie auf die Suche nach Artikeln über be-
trügerische Heiler und deren Praktiken. Leider wurde
eine Vielzahl solcher Artikel von der Suchmaschine
aufgelistet. Sie schränkte die Suche ein auf Heiler im
Ausland und las quer. Zwei Stunden und zwei Kaffees
später wurde sie fündig.

Vor ein paar Jahren hatte ein freier Journalist namens
Peter Ording eine ganze Artikelreihe über dieses Thema
in einem bekannten englischen Monatsmagazin veröffentlicht. Diese Artikel begannen jeweils mit einer kur-

zen Biographie und einem Foto des Autors. Auf diesem Foto lächelte ihr ein zehn Jahre jüngerer und bartloser John mit einem modischen Kurzhaarschnitt entgegen. Der Journalist Peter Ording war „ihr John", und in einem seiner Artikel ging es um ein besonders skrupelloses Pärchen, das nicht davor zurückgeschreckt war, depressive Hilfesuchende in den Suizid zu treiben, nachdem diese ein Testament zu ihren Gunsten gemacht hatten. Dieser Artikel mit Fotos war vor 5 Jahren erschienen, und mit einiger Phantasie glaubte Angie „Carl" und seine Freundin auf einem der Fotos zu erkennen. Die beiden hießen Georg und Natascha M. und hatten damals auf einer der kanarischen Inseln „gearbeitet". Weitere Informationen über sie im Netz sagten, dass sie untergetaucht waren und mit internationalem Haftbefehl gesucht wurden. Schlagartig sehnte sich Angie nach einem Schluck aus ihrer Wodkaflasche. Das musste sie erst einmal verdauen.

Und als hätte sie noch nicht genug mitgemacht, öffnete sich die Tür zum Café und Carl alias Georg kam freudestrahlend direkt auf sie zu. Angie gelang es gerade noch Browser und Laptop zu schließen. Den Verlauf zu löschen, dazu blieb ihr keine Zeit mehr.

„Hallo Angie, welch schicksalhaftes Zusammentreffen! Du siehst, wir haben eine besondere Verbindung zueinander."

Angie war übel und sie zitterte leicht vor Aufregung über ihr Wissen, durfte sich das aber auf keinen Fall anmerken lassen.

„Ja, G…äh Carl". Mist, beinahe hatte sie ihn mit seinem richtigen Namen angeredet.

Wenn sie sich nicht irrte, sah er sie plötzlich misstrauisch an: „Na, schon wieder fleißig? Hast du gefunden, wonach du gesucht hast?"

Was meinte er dann damit? Angie wurde noch nervöser und antwortete das Erste, was ihr in den Sinn kam: „Ja, klar. Ich habe nach Maßnahmen gegen Spinnmilbenbefall gesucht, für die Gärtnerei."

Gab es in Portugal überhaupt Spinnmilben? „Und jetzt muss ich leider schon gehen, meine Hunde haben Hunger."

Schnell bezahlte sie ihre Rechnung an der Theke und verließ das Café mit einem an „Carl" gerichteten „Bis bald dann."

Auf dem Heimweg kehrte sie in der Dorfkneipe ein, in der sie John zum ersten Mal getroffen hatte, und bestellte sich ein Bier. *Hopfen beruhigt die Nerven.* Sie blieb gleich am Tresen stehen, leerte ihr kleines Bierglas mit einem Zug und bestellte sich noch eins. Erst jetzt hatte sie Interesse für die anderen Gäste. Am anderen Ende des Tresens standen zwei Engländer und unterhielten sich aufgeregt über den Fund eines Wagens, der offensichtlich irgendwelche Klippen am Meer hinuntergestürzt war. Sie spitzte die Ohren, um mehr zu erfahren.

„Und denk dir mal, es war ein blauer Campervan, soweit man das noch erkennen kann", berichtete einer dem anderen.

Angie drehte sich zum Barkeeper um und bestellte einen doppelten Wodka. Die nicht gelöschte Chronik des von ihr vorher benutzten Laptops im Internetcafé hatte sie mittlerweile völlig vergessen.

*

In den nächsten Tagen fühlte sich Angie krank. Sie wusste nicht mehr weiter. Ihr Instinkt riet ihr, das Weite zu suchen, aber sie konnte sich dazu nicht aufraffen. Und das, obwohl sie schon Übung darin hatte, eine Existenz zurückzulassen, um weiterzuziehen in eine ungewisse Zukunft. Doch dieses Mal wollte sie nicht sich selbst in erster Linie retten, sondern John. Spätestens jetzt ging ihr auf, wie sehr sie ihn vermisste. Als er da war, hielt sie seine Anwesenheit für selbstverständlich, aber jetzt war alles anders. Die einzige Spur zu ihm führte über die polizeibekannten Heiler, und sie hatte überhaupt keine Lust, „Carl" und „Marlene" wiederzutreffen.

Doch diese Entscheidung wurde ihr bald abgenommen. Denn an einem der nächsten Nachmittage bellten ihre beiden Hunde wieder Alarm, und siehe da, diesmal stand Marlene vor Angies Gartentür und wollte, dick aufgetragen und angeblich mitfühlend, wissen, wie es ihr ging. Bei genauem Hinhören war ein falscher Unterton herauszuhören, und ihre angestrengte Mimik passte nicht zu ihren Worten. Angie war sofort klar, diese Frau stand unter Druck. Und wer kam besser infrage, sie unter Druck zu setzen als dieser Carl? Tatsächlich versuchte Marlene, so viele persönliche Informationen wie möglich aus ihr herauszubekommen. Ihr Pech war allerdings, dass Angie mehr als geübt darin war, ihren erfundenen Lebenslauf herunterzuleiern, was ihr auch diesmal wieder überzeugend gelang. Marlene zog mit vielen falschen Angaben gefüttert wieder ab, und Angie war gewarnt.

Plötzlich fiel ihr der Laptop im Internetcafé wieder ein. Hatte sie letztes Mal, als sie die Berichte über die beiden falschen Heiler entdeckte, eigentlich die Verlaufschronik gelöscht?

Angie war sich nicht mehr sicher und ging noch am gleichen Tag hinunter ins Dorf, um nachzusehen. Erleichtert sah sie einen gelöschten Internet-Verlauf. Sie wollte den Computer gerade wieder herunterfahren, da blieb ihr Blick am Datum des Internet-Cleaners hängen. Zum letzten Mal war er genau einen Tag nach ihrem letzten Besuch im Café aktiviert worden. Alle Computerbenutzer mussten sich in ein ausliegendes Heft mit Datum eintragen, und da stand handschriftlich mit Kugelschreiber, wer den Laptop und den Cleaner zuletzt benutzt hatte: es war Carl.

Er wusste also, was sie wusste. Ihre persönliche Situation war damit gerade noch gefährlicher geworden, schlagartig bekam Angie Angst und wusste mit dieser Erkenntnis nicht mehr, wie sie aus alldem unbeschadet herauskommen konnte, ganz zu schweigen von John, über dessen Verbleib immer noch nichts bekannt war.

Hilfe bekam sie zwei Tage später von völlig unerwarteter Seite. An diesem Morgen war sie wie gewohnt zu ihrem morgendlichen Job in der Gärtnerei erschienen, denn einerseits wollte sie nicht unnötig auffallen durch eine Veränderung ihres Alltags und anderseits benötigte sie den Lohn immer noch, um sich und ihre Hunde zu finanzieren.

An diesem Morgen besuchte ihre Chefin sie im Gewächshaus, in der Hand hielt sie einen Umschlag. „Angie, schau mal, was ein Kurierdienstfahrer mir vorhin ausgehändigt hat, ein Einschreiben für dich aus Deutschland! Er konnte deinen Wohnort nicht finden und da er mich gut kennt, durfte ich für dich unterschreiben. Komischerweise ist dein Name anders geschrieben. Aber bei der Post kommt es ja oft genug vor, dass geschlampt wird, da braucht man sich über nichts mehr wundern."

Angie fühlte sich, als würde sie gleich in Ohnmacht fallen und nahm mit zittrigen Händen den Umschlag entgegen. Auf der Vorderseite war der Briefkopf eines Nachlassgerichtes aus ihrer Heimatstadt aufgedruckt. Das konnte sicherlich nichts Gutes bedeuten. Eilig stopfte sie den Umschlag in ihre Umhängetasche, beendete ihre Arbeit und lief so schnell wie möglich nach Hause. Mit klopfendem Herzen betrachtete sie den offiziellen Brief von außen und musste all ihren Mut zusammen nehmen, um ihn zu öffnen. Jemand hatte also herausgefunden, wo sie sich aufhielt, ihre gefälschte Identität war aufgeflogen. Bevor sie ihre Sachen packte, konnte sie genauso gut zuerst das Schreiben lesen.

*

Was darin stand, hätte sie nicht zu träumen gewagt.

Ihre Eltern waren bei einem Autounfall gestorben, und sie war die einzige Erbin des Gutes, der Ländereien und auch noch einer großen Summe Bargeldes. Das konnte nur bedeuten, dass Onkel Herbert für tot erklärt worden war und ihr Vater sein Vermögen geerbt hatte.

In dem Schreiben wurde auch noch erwähnt, dass es einem englischen Versicherungsdetektiv, der für das Nachlassgericht tätig war, unter großen Mühen gelungen war, ihren derzeitigen Wohnort ausfindig zu machen, damit sie als rechtmäßige Alleinerbin das Erbe annehmen konnte.

Angie war froh, dass sie bereits saß.

Es war vorbei und ihre Flucht zu Ende.

Wie in Trance nahm sie wahr, dass ihre Hunde zuerst bellten und dann freudig jaulten. Schritte kamen ihre Einfahrt hoch, und ein über das ganze Gesicht grinsender John bog um die Ecke

„Hi Baby, ich habe dir doch gesagt, am Ende wird alles gut."

*

Erst nachdem er sie ausgiebig umarmt hatte, erzählte er ihr die ganze Geschichte. Er war nicht nur freier Journalist, sondern arbeitete nebenbei auch als Detektiv, um europaweit Erben aufzuspüren. Es war wirklich eine harte Nuss gewesen, Angie zu finden. Als ihm auf der Suche nach ihr dann auch noch die beiden polizeilich gesuchten Heiler über den Weg liefen, wurde die Situation ziemlich brenzlig für ihn, denn sie erkannten genauso den Journalisten wieder, der vor einigen Jahren über sie geschrieben hatte, wie umgekehrt er sie. Sie hatten nichts mehr zu verlieren, und John hielt es für das Beste, seinen eigenen Unfalltod vorzutäuschen, um aus der Schusslinie zu geraten. Er tauchte für einige Tage unter und gab Interpol einen Tipp, wo sich „Carl und Marlene" aufhielten. Tatsächlich war es in der Zwischenzeit mit Hilfe der örtlichen Polizei gelungen, die beiden zu verhaften.

Und Angie? Sie war endlich wieder frei und konnte tun und lassen, was sie wollte.

Das mysteriöse Verschwinden von Onkel Herbert konnte nie wirklich aufgeklärt werden.

Angie nahm das Erbe an, kehrte mit ihren Hunden zurück in ihr Geburtsland und richtete auf dem Gut ein Tierheim für Straßenhunde aus dem Süden ein.

Und John? Der nahm fleißig Deutsch-Unterricht, um in seiner neuen Heimat möglichst viel zu verstehen.

Manchmal, wenn er und Angie Seite an Seite über die Felder des Guts ritten, freuten sie sich, dass das Schicksal sie über all diese Umwege und Hindernisse zusammengeführt hatte. Denn ein Ritt in den Sonnenuntergang spiegelte all die kitschigen Gefühle wider, die sie füreinander empfanden.